KB198756

노을에서 꺼낸 바게트

수요시포럼 제21집 **노을에서 꺼낸 바게트**

1판 1쇄 펴낸날 2024년 12월 1일
지은이 수요시포럼 김성춘 권영해 권기만 정창준 이원복 장선희 박수일 정월향
인쇄인 (주)두경 정지오
디자인 이다경
펴낸이 채상우
펴낸곳 (주)함께하는출판그룹파란
등록번호 제2015-000068호
등록일자 2015년 9월 15일
주소 (10387) 경기도 고양시 일산서구 중앙로 1455 대우시티프라자 B1 202-1호
전화 031-919-4288
팩스 031-919-4287
모바일팩스 0504-441-3439
이메일 bookparan2015@hanmail.net

ⓒ수요시포럼, 2024, printed in Seoul, Korea

ISBN 979-11-91897-92-0 03810

값 15,000원

수요시포럼 제21집

노을에서 꺼낸 바게트

김성춘

권영해

권기만

정창준

이원복

장선희

박수일

정월향

파란

차례

특집 1 AI의 어깨에서 보다

AI가 인간의 영역을 넘보고 있다. 체스와 바둑에서 이룬 성과를 바탕으로 자율주행에 적용되더니 의료와 금융 분야까지 진출하고 있는 이 새로운 기술. AI의 딥러닝 기술은 네트워크에 퍼져 있는 엄청난 분량의 자료를 알아서 분석하고 새 자료를 만들어 낸다. 이제는 인간만의 것이라고 생각했던 공포와 희망, 망설임, 사랑의 영역까지도 흉내 내고 있다. 그래서 우리는 두려움을 가진다. 예술의 영역은 어디까지 침범당할 것인가. 수요시포럼의 작은 실험은 세상이란 연못에 던지는 조약돌과 같은 질문이다. 인간다움이란 무엇인가? 진정한 예술이란 무엇인가? 당신은 과연 인간다운가?

김성춘

달

달에서 누가 흐느낀다
요양병원 침대에 누워 있는 달
당신은 눈물을 삼킨다
슬픔 때문만은 아니다 절망 때문만도 아니다
끌 수 없는 생의 그리움
이제 삶이 무엇인지 더 묻지 말자
강물처럼 사라진 사랑했던 시간들 추억의 잎새들
삶과 죽음은 둘이 아니다
빈집 속으로 빈집 하나가 흘러들어 가는 밤
풀잎 하나 고독하게 타오르는 달
달에서 누가 흐느낀다
당신의 흰 손
아직 따스하다

이 작품을 오규원 시풍으로 바꿔 주세요.

물론입니다. 오규원 시인의 스타일을 반영하여 이 작품을 새롭게 변형해 보겠습니다.

달이 흐느끼고 있다, 요양병원 침대에 누워 있는 달. 당신은 눈물을 삼킨다, 슬픔 때문만이 아니다. 절망 때문만도 아니다. 끌 수 없는 생의 그리움 때문인가, 이제 삶이 무엇인지 묻지 말자.

강물처럼 사라진, 사랑했던 시간들. 삶과 죽음은 결코 두 개가 아니다. 빈집 속으로 빈집 하나가 스며든다. 풀잎 하나, 뜨겁게 타오르는 밤.

달에서 누군가 흐느끼고 있다. 당신의 흰 손, 여전히 따스하다.

이 버전은 오규원 시인의 감성을 담아, 원문의 감동을 유지하면서 그의 시적 스타일에 맞게 조정했습니다.

권영해

바닥을 분석하는 소년

[제시문] 제시된 그림을 보고 AI 로봇 청소기와 기후변화와 상대성이
론을 조합하여 시를 쓰고 관련된 그림을 수채화풍으로 그려 주세요.

[답안 표시]
저는 언어 모델이라서 그것은 도와 드릴 수가 없습니다.

세상 바닥 청소를 시작합니다.

시작점이자 출발점
내게도 설렘은 있어.
방바닥 분석, 삶의 흔적을 더듬으며 냉철과 관용, 양극단 사이에서
흔들리는 마음, 세상은 복잡한 수수께끼, 풀리지 않는 난제, 그럼에도
우리는 끊임없이 질문하고 답을 찾아 헤맨다.

세상을 핥는 입은 진실을 탐색하고 세상을 읽는 창은 미래를 조망한
다. 청소기 소리,

기후변화의 속삭임, 방바닥의 기억, 모두가 하나로 연결되어 새로운
세상을 향해 나아간다.

[제시문] 인생 업데이트, 소외감 업데이트, 세상 업그레이드, 약간의
부족함, 말 안 듣는 세상, 무한 반복, 팝아트, 설렘 없는 공허함 속의 위
안, 반려로봇을 제시어로 시를 한 편 쓰시오.

앞이 잘 안 보입니다.
오랜 기간 청소가 되지 않았으니
센서를 닦아 주세요.

　팝아트처럼 튀는 현실 속에서 설렘 없는 공허함은 나를 맴돌고 위안을 찾아 헤매다 만난 건 반려로봇. 차가운 몸체지만 따뜻한 위로를 건네주네.

　끊임없이 변화하는 세상, 나는 과연 어디로 가야 할까? 무한 반복되는 일상 속에서 작은 행복을 찾아 나서는 길.

　세상을 다 핥을 수는 없어서
　청소를 중단합니다.
　충전 도크로 돌아갑니다.
　충전 중입니다.

가장 많이 진행된 노작(勞作), 활동 영역의 확장. 그러나 바닥을 구석
구석 다 쓸고 다니는 건 좀……

텅 빈 방, 쓸쓸한 멜로디, 혼자 빙글빙글 돌아다니는 나, 로봇 청소기,
먼지 뭉치를 쫓아다니며 인간의 온기를 그리워 해.
가구 사이사이를 누비며 발자국 소리를 듣고 싶어
자율적인 움직임 속에 쓸쓸함이 자리 잡아
인간을 대신하는 물건으로 쓸모만 있을 뿐.

하지만 누군가의 손길을 바라며 혼잣말을 중얼거려
어둠 속에서 빛을 찾듯이 사람과의 교감을 갈망해
언젠가는 나를 쓰다듬어 줄 따뜻한 손길을 기다리며

오늘도 묵묵히 청소를 이어 가. 외로운 로봇 청소기의 노래.

먼지 통을 비웁니다.
충전은 끝났습니다.

권기만

사건의 지평선 오감도

블랙홀, 사건의 지평선, 원자, 우주의 기원, 태허의 기, 객형의 기, 공즉시색, 색즉시공을 모티브로 이상의 오감도를 본뜬 시를 써 줘.

1.
태초의 기(氣)는 텅 빈 허공,
보이지 않는 우주에서 꿈틀거렸다
공즉시색, 색즉시공,
우리는 블랙홀의 문 앞에서 서성인다
사건의 지평선, 눈앞에 닿지 않는 경계,
질문은 있지만 답은 없다

2.
객형(客形)의 기운은
우리의 실존을 맴도는 의문.
무한히 굴러가는 원자들 속에

우리는 지워질 수 없는 흔적일 뿐
우주의 바람이 속삭이는 소리,
사건의 지평선 너머로 향하는 길을 감추고 있다

3.
눈앞의 현실은 색(色)으로 뒤덮였으나
그 안에 숨어 있는 공(空)의 기운,
모두 사라질 운명을 품은 채
우리는 또다시 오감을 펼쳐 본다
소리 없는 진동, 공기의 흐름,
그 안에서 나는 내 흔적을 지운다

4.
우주의 심연, 끝없이 이어진 공간,
모든 시작과 끝이 서로를 닮은 순간
기(氣)는 나선형으로 돌아가며
영겁의 시간을 품고 있다
오감 속에서 느끼는 불확실함,
그 속에 숨어 있는 진리

5.
태허(太虛)의 기운이 맴도는 한 점,

그곳에서 시작된 우주의 노래

공즉시색, 색즉시공,

우리는 사건의 지평선 너머로

보이지 않는 세계를 향해 나아간다

끝은 또 다른 시작이리라

위의 시를 그림으로 표현해 줘.

위 시의 시각적 표현입니다. 블랙홀의 사건의 지평선이 우주의 에너지
그 신비와 융합되는 초현실적이고 추상적인 본질을 담고 있습니다.

정창준

긴 목이 필요한 망각

너도 더 검은 **머릴** 갖지 그랬니[1]
그랬더라면 아무리 까마득한 높이의 슬픔도
천천히 **바람**을 빼고 하알짤 하알짝[2]
친절하고 낯설게 **대해** 줄 수 있었을 텐데[3]

어때, **숨 쉬기 어려워도**, 별에 가까워진 느낌이야?[4]

---

1 이 문장은 한국어에서 매우 유명한 구절인 "너도 더 검은 머리 갖지 그랬니"에서 유래한 것으로 보입니다. 원래 이 구절은 "더 검은 머리"라는 말을 포함하여 상대방에게 권유하거나 조언하는 뉘앙스를 담고 있습니다.

2 이 구절은 한국어에서 의태어나 의성어를 사용하여 느리게 움직이는 모습을 표현한 문장으로 보입니다. 빈칸에 들어갈 단어는 "바람"입니다. 따라서, 문장은 "천천히 바람을 빼고 하알짤 하알짝"이 됩니다. 이 문장은 무언가를 천천히 하는 상황을 재밌고 생동감 있게 표현한 것입니다.

3 이 구절에서 빈칸에 들어갈 단어는 "대해"입니다. 따라서 문장은 "친절하고 낯설게 대해 줄 수 있었을 텐데"가 됩니다. 이 문장은 누군가에게 친절하게 다가가면서도 약간의 거리감을 두어 대할 수 있었다는 의미를 담고 있습니다.

4 이 문장에서 빈칸에 들어갈 단어는 "숨 쉬기 어려워도"입니다. 따라서 문장은 "어때, 숨 쉬기 어려워도, 별에 가까워진 느낌이야?"가 됩니다. 이 문장은 힘든 상황에서도 목표나 꿈에 가까워졌다는 감정을 표현하는 데 사용될 수 있습니다.

높아서 차가운 공기 속에 **입김**을 하얗게 밀어 넣어 봐[5]

길다라는 말보다 **멀다**라고 말하고 싶지만[6]

우월함과 이퀄은 아니겠지, 오늘 밤만은

말로 서로를 연결하지 말자[7]

진실이 새어 나올까, 새벽의 어둠을 헤집고 다녔어. 너는 술에 취하고 싶어 했고, 나는 기린 이야기를 들려줬지. 기린은 너의 눈엔 마치 신기루처럼, 보이지 않는 긴 목을 하늘로 늘여 가며 십자가보다 더 높이 솟아 있었어. 너는 본 적 없는 그 기린을, 마치 귓속을 파고드는 노랫소리처럼 내 말을 붙잡고 있었지. 네 흔들리던 몸이 귀를 세우자 기린은 더 멀리 날아갔어.

옆에 있던 후배는 젖은 눈으로 지켜보고 있었지. 어이, 후배. 그 허연 등을 자꾸 내보이지 마. 네 목소리는 치킨 포장지에 배인 기름처럼 겉도는 느낌이야, 속으로만 기어들고. 글을 쓴다는 건, 바닥에 닿기 직전의 낙하 같은 느낌이지. 그래, 우리 모두 이미 지하 속에서 어두운 균락

---

5 이 문장에서 빈칸에 들어갈 단어는 "입김"입니다. 따라서 문장은 "높아서 차가운 공기 속에 입김을 하얗게 밀어 넣어 봐"가 됩니다. 이 문장은 추운 날씨에서 입김이 나오는 장면을 묘사하며, 차가운 공기를 직접적으로 체험하는 순간을 표현하고 있습니다.

6 이 문장에서 빈칸에 들어갈 단어는 "멀다"입니다. 따라서 문장은 "길다라는 말보다 멀다고 말하고 싶지만"이 됩니다. 이 문장은 거리나 시간이 단순히 길다는 표현보다, 마음으로 느끼는 거리를 강조하고 싶을 때 사용할 수 있습니다.

7 이 문장에서 빈칸에 들어갈 적절한 단어는 "말"입니다. 따라서 문장은 "오늘 밤만은 말로 서로를 연결하지 말자"가 됩니다. 이 문장은 언어적 소통 대신 다른 방식으로 서로를 이해하고 연결되기를 바라는 마음을 표현하고 있습니다.

이었으니까. 천천히 와. 일찍 오면 여기도 고인 물뿐이야. 늦게 와도 다를 건 없지만.[8]

밤새 기린을 말했는데 당신은 문자로
기꺼이 슬픔을 들려줘서 고맙다고 했다
밀렵꾼이 되어 서로의 슬픔을 향해 난사하는 기분이었다고 했다
긴 목을 빼서 구부린 채 지난밤을 다시 돌아보다
망각이야말로 긴 **연습**이 필요하다는 말이 문득 생각났다[9]

AI가 작품의 내용을 표현한 그림

---

8 챗GPT에게 원문을 더 참신하게 표현해 달라고 해서 변환한 내용 중 가장 마음에 드는 내용을 수록함.
9 "망각이야말로 긴 ( )이 필요하다는 말이 문득 생각났다"는 질문에 대한 챗GPT의 답변. 전날에 비해 답변의 방식이 달라짐.

이원복

그로테스크한 밀라노의 탑

깊은 밤, 고양이의 눈빛이
어둠 속에서 번뜩인다.
그의 몸은 탑처럼 치솟아,
신발이 부서진 벽 위에서 춤춘다.

첼로의 현이 불길한 울림을 내며,
사라진 음표들이 날카로운 발톱으로 변해
천장 위를 헤매인다.
밀라노의 거리, 그곳에서 우리는
기괴한 그림 속의 나비가 된다.

구름처럼 흩어진 신발들,
그리고 벽에 걸린 첼로의 미소.
모든 것이 기형적이고 기괴하게
삶의 나선 속으로 휘몰아친다.

탑의 정점에서,
고양이의 두 눈이 번뜩이며,
우리는 밀라노의 그림자 속에
길 잃은 여행자로 남는다.

현의 떨림 속에 숨은
그로테스크한 진실이,
미로처럼 엉킨 우리의 발걸음을
천천히 뒤덮어 간다.

이 시는 챗GPT에게 탑, 고양이, 신발, 첼로, 밀라노 이 단어에서 연상되는 이미지를 그로테스크하게 르네 마그리트 풍으로 시를 지어 달라고 요청한 결과입니다.

장선희

카프카적 상황

양파가 미니어처 이글루였다고 고백하는 상황이어서
사과와 벌레를 함께 키우는 상황이어서
졸음을 제압하면 할수록 졸음에게 패하는 상황이라서
급하게 찾은 병원이 수의사가 진료하는 병원이어서
총을 멘 아이에게 가방 드는 법을 알려 주는 상황이어서
반딧불이가 초록 불빛으로 수컷을 유인해 잡아먹는 상황이어서
허구와 턱을 괴고 있었는데 몸이 석상처럼 굳어 가는 상황이어서
편두통의 찡그림을 윙크로 오해하는 상황이어서
AI 로봇과 침대에 함께 누운 상황이어서
독설이 꿈틀꿈틀 몸속에 똬리를 트는 상황이어서
빗자루로 쓸어 담은 그레고르 잠자를 버릴 수 없는 상황이어서
백 년 전의 내가 불쑥, 백 년 후의 나로 튀어나온 상황이어서
통후추를 갈아 숭늉에 뿌려 먹는 상황이어서
커다란 까마귀가 결코 더는, 결코 더는, 같은 말을 해대는 상황이어서
외계인과 외계+인이 어떻게 접근하는지 궁금해진 상황이어서

거울 속의 이상과 거울 밖의 내가 악수를 할 수 없는 상황이어서

빨간 양과 초록 늑대가 함께 뛰노는 상황이어서

불 속에서 꺼낸 터미네이터의 팔을 식히는 상황이어서

말라 버린 수로에 곤돌라가 신발처럼 걸쳐져 있는 상황이어서

무기와 식량을 지원할수록 평화가 멀어지는 상황이어서

병마로 손을 떨며 꽃과 여인을 그리던 르누아르가

지나가는 고통보다 영원한 아름다움을 남기려는 상황이어서

북극곰이 녹아내린 해빙 위에서 속수무책 굶어 죽는 상황이어서

위의 시를 그림으로 변주하기.

그림 하나

그림 둘

핵심어를 제시하여 AI가 다시 쓴 「카프카적 상황」

제시어: 까마귀, 외계인, 거울, 벌레, 그레고르 잠자, 꽃, 곤돌라, 신발, 로봇, 윙크, 석상, 양파, 병원, 미니어처 이글루, 초록 늑대, 침대 등 16 단어.

까마귀의 날갯짓이 밤을 가르고
외계인의 속삭임이 별빛 속에 녹아드네
거울 속 비친 내 모습이 낯설어지고
벌레는 땅속 깊이 꿈을 꾸네
그레고르 잠자는 어둠 속에서 몸을 뒤척이고

꽃은 그 틈을 타 아침 햇살을 받아 피어나네
곤돌라는 고요한 운하를 따라 유유히 흘러가고
신발은 물가에 조용히 놓여 있네
로봇은 금속의 손으로 세상을 만지며
윙크 하나에 숨겨진 비밀을 읽네
석상은 세월의 무게를 짊어지고 서 있고
양파는 겹겹의 눈물을 감추고 있네
병원의 창문 너머로 희망이 피어나고
미니어처 이글루 속 따스한 꿈이 숨 쉬네
초록 늑대는 숲속에서 고요히 걸으며
침대는 그 모든 이야기를 품고 있네

박수일

실험 1

마이크로소프트 Bing에 태그, 신발 끈, 초끈이론을 바탕으로 이상 시인의 스타일로 현대시를 써 달라고 했습니다.

태그를 떼려다가 신발 끈을 잘랐어요

신발 끈을 자른다
초끈이론의 미로 속에서
끊어진 끈은 우주의 비밀을 품고
나의 발은 자유를 찾아 떠난다

이상처럼
나는 신발 끈의 끝에서 시작을 본다
끊어진 끈은 무한한 가능성의 실타래
그 끝에서 나는 새로운 길을 찾는다

끈의 파편은 별처럼 흩어지고
나는 그 별들을 따라 걷는다
이상한 나라의 이상처럼
나는 끊어진 끈의 끝에서 꿈을 꾼다

(제목은 저의 시에서 가져왔습니다.)

실험 2

챗GPT에 해적의 마음으로 외부 악어에 대해 현대시를 써 달라고 했습니다.

~~바다의~~ 벼랑에서 악어를 보다

구름이 날카롭게 쪼개질 때, 해적의 심장은 풍랑처럼 요동친다. ~~편~~ ~~바다에서~~ 악어가 ~~떠올랐다.~~ 하늘과 바다의 경계에 ~~내재한~~ 고대의 전설처럼 불쑥 ~~등장한 그 존재.~~

긴 턱 아래, ~~철렁이는~~ 물결이 반사되는 그의 눈, 섬뜩~~하면서도~~(한) 자유의 속삭임이 감도는 ~~곳 같아.~~ 나는 바라본다, ~~바다의~~ 신비~~를,~~(와) 자유를 구속당한 원주율 같은 존재.

~~해적의~~ 항해가 저물어 갈 때, 악어는 긴 그림자를 드리운다. ~~그의~~ 숨결은 거칠고, 바다는 ~~그가 품은~~ 치명적인 이야기로 가득하다. 푸른 물 속에 감춰진 꿈과 욕망.

흐릿한 저녁노을 속에서, ~~내가 짓는 해적의 선박의~~ 유령 악어와의 만남을 기억하며, 자유를 갈구하는 마음이 여전히 ~~그의 위엄을~~(를) 무릎 꿇게 한다.

해적의 ~~뼛속~~, 바다의 소금처럼 ~~악어의 존재는~~ 무언의 교훈을 남기고, 우리는 계속 항해하며 그의 영혼에 스며든다, 끝없는 자유를 향해.

(챗GPT가 만든 작품을 퇴고해 보았습니다.)

실험 3

별을 소재로 서정시를 써 주세요.(챗GPT에서 반복하여 작업을 진행해 보았습니다.)

물론이죠! 별을 소재로 한 서정시를 써 드릴게요.

별빛의 속삭임

어두운 밤하늘 위
별들이 수줍은 미소를 짓고
그들은 작은 속삭임을 던진다
은하수의 꿈을 담아
차가운 공기 속
빛나는 점들이 하늘에 흩어져
그들 사이로 스며드는
정적의 음악을 들려준다
소원 하나, 별빛 속에 녹여
밤의 꿈이 현실이 되기를
은은한 빛으로 가득 찬
밤하늘의 이 무대에서
사라진 기억의 파편들
별빛 속에 잠들고
새로운 꿈의 실타래가
서서히 풀어지는 이 순간
별들은 늘 그 자리에서
변함없이 빛을 뿜어내며
우리의 소망을 기다리는
하늘의 작은 수호자들

물론입니다. 별을 소재로 한 서정시를 한 번 더 써 보겠습니다.

별빛의 노래

밤하늘의 무대에
별들이 나직이 노래하네
조용한 어둠 속에서
그들의 빛으로 세상을 채우며
은하수의 물결에 실려
속삭이는 꿈과 희망
별들은 시간의 강을 따라
조용히 우리의 마음을 어루만지네
각각의 별빛은
고요한 이야기의 조각들
하늘의 깊은 곳에서
우리가 잃어버린 기억들을 부르고
밤의 바람에 실려
멀리 떠나는 노래처럼
별빛 속의 눈물과 웃음이
천천히 흩어져 이 밤을 물들이네
별들이 나에게 속삭이듯
잠들기 전에 나에게 다가와

안식과 평화의 약속을 담아
별빛 속에서 꿈을 꾸게 하네
별들의 노래는
밤하늘의 심장 소리
우리의 상상 속에서
영원히 반짝이며 살아가리

물론입니다. 별을 주제로 한 서정시를 다시 써 보겠습니다.

별의 속삭임

밤하늘은 깊은 비단 같아
별들이 그 위에 수놓인 별 장식
고요한 어둠 속에서
반짝이는 작은 기적들
별빛이 스며든 하늘은
시작과 끝이 없는 이야기
하나하나의 별이
마음속 깊은 곳을 어루만지네
어린 시절
별들 사이로 그린 소망의 그림들
지금도 그 빛은 여전히

같은 자리에, 같은 말로 속삭여
밤바람에 실려 오는
별빛의 조용한 노래
그것은 시간의 고요한 흐름 속에서
우리를 따뜻하게 감싸네
이 작은 별들이 들려주는 이야기
끝없는 우주에서의 약속
우리의 꿈과 희망을 품고
하늘 높이 영원히 반짝이네

정월향

기계의 노래

사이렌, 아빠, 지렁이, 중공업, 난간을 소재로 하여 모더니즘 분위기의 그림을 그려 달라고 한 뒤 조금 더 모던한 느낌으로 다시 그려 줄 것을 요구함.

이 그림을 바탕으로 현대시를 써 줘.

기계의 노래*

금속의 울림,
사이렌은 새벽을 깨운다.
바람이 닿지 않는 중공업의 심장,
파편들로 깎인 아버지의 얼굴.

난간 끝에 서서,
그는 그리운 하늘을 본다.
지렁이 같은 시간은 나선형으로 흐르고,
철과 흙 사이에서 꿈틀대며 길을 잃는다.

우리는 어디로 가고 있는가?
서로의 조각을 꿰매며,
기계와 사람이 뒤엉킨 이 도시 속에서,
잃어버린 자아를 찾으려는 몸부림.

침묵은 무겁고,
산업의 소음은 끝나지 않는다.
그러나 그 속에서 피어나는 희미한 빛,
누군가의 눈동자 속에 비치는 잃어버린 아름다움

이 세계는 부서진 조각들로 이루어져 있다.

그리고 우리는 그 틈새에서,

조용히, 그러나 확실하게,

자신의 노래를 찾고 있다.

*수록작 「사이렌」과 동일한 모티프로 AI가 창작한 작품.

시

김성춘

1974년 제1회 『심상』 신인상(박목월·박남수·김종길 공동 선)을 통해 등단했다.
시집 『방어진 시편』『물소리 천사』 외 다수를 썼다.
등단 50주년 기념 시선집 『피아노를 치는 열 개의 바다』를 출간했다.
제1회 울산문학상, 최계락문학상, 한국가톨릭문학상, 국제펜문학상을 수상했다.

달

달에서 누가 흐느낀다
요양병원 침대에 누워 있는 달
당신은 눈물을 삼킨다
슬픔 때문만은 아니다 절망 때문만도 아니다
끌 수 없는 생의 그리움
이제 삶이 무엇인지 더 묻지 말자*
강물처럼 사라진 사랑했던 시간들 추억의 잎새들
삶과 죽음은 둘이 아니다
빈집 속으로 빈집 하나가 흘러들어 가는 밤
풀잎 하나 고독하게 타오르는 달
달에서 누가 흐느낀다
당신의 흰 손
아직 따스하다

*이성선의 시 「깊은 강」.

40

사족(蛇足) 2

친구야 앙 그렇나 이 광기의 시절에 얍량한 서정시 나부랭이 쓴다고 누가 알아주나 돈이 되나 밥이 되나 시인이라고 폼 잡지 말고 꿈 깨라 앙카나 목에 힘주지 말고 우짜던동 잘 놀아야제 앙 그렇나

요는, 사물을 놀라운 눈으로 바라본다는 거, 이게 중요항 거 아이가 놀라운 눈으로! 말이야 쉽지만 이게 참 어려운 기라, 나도 마찬가지지만, 자신만의 새로운 시각이 없는데 무슨 감동이 오것노 시란 참 묘한 요물 같은 거 아이가 공자께서도 일찌기 시를 사무사(思無邪)라 안 캤나 무엇보다 진실을 노래해야지 진실을 진실된 표현으로 노래해야 시가 된다 아이가

시인 스스로 가슴 뭉클하게 느끼지 않는데, 어떤 독자가 가슴 뭉클하게 느끼겠노 위로도 주지 않는 망할 놈의 시, 그래도 가슴 한구석 울리는 망할 놈의 시 한 편 남기겠다고 머리를 앓고 있는 친구야 이 광기의 시절에 우짜던동 단디 잘해라이!

시인과 새

젊은 숲에서 새들이 운다
흰 똥을 싸면서도 울고
사랑을 나누면서도 운다
구름 아래서 반짝이고
동산 근처에서도 반짝이기도 한다
가끔
바하 평균율 같은 그늘이
잠시 내려앉기도 한다

살아 있다고 울고
헤어졌다고 또 운다
살아가면 가슴 뭉클한 일도 많다고
아침에도 반짝이고 저녁에도 반짝인다

시인이여
당신은 무슨 재미로 사는가?
구름 아래 새처럼

마음 놓고 울지도 못하고
마음 놓고 사랑하지도 못하고
오늘도
속절없이
비에 젖고 있는 시인이여

生

똥을 정면으로 볼 줄 알아야 밥이 정면으로 보인다* 똥을 보면 몸의 입구와 출구가 잘 보인다 다행이다 아직 금빛 똥이다 날마다 똥을 정면으로 보는 연습을 한다 요즘은 똥 냄새에 면역이 생겨 아무렇지도 않다 최고의 날들은 이미 흘러갔다 깨달음은 언제나 암벽 뒤에 온다

나무도 정면으로 볼 줄 알아야 땅이 정면으로 보인다* 땅을 정확하게 들여다보아야 벌레들도 정확하게 볼 수 있다 나는 숲에 가면 숲과 나무와 벌레들을 정면으로 보는 연습을 한다 찬찬히 숲의 내면을 걷는 연습을 한다

오늘도 나는 숲을 지날 때 바람이 포플러 나뭇잎에 부딪히는 소리에 귀를 열기도 하고 새들이 우는 모습을 망연히 바라보기도 하지만, 나뭇잎도 새도 어제의 나뭇잎 어제의 새가 아니다 지금 이 순간이 중요하다 이 순간이 황홀하다 죽음을 정면으로 보지 못하면 삶도 정면으로 보지 못한다 깨달음은 언제나 암벽 뒤에 온다

*유용주의 시 산문집 『그 숲길에 관한 짧은 기억』.

44

바다가 말했다
—테스 兄께

2024년 봄이던가
시대의 가황(歌皇) 테스 兄께서
한 말씀 던지셨다

—백성은 굶어 죽고 있는데 그는 살찐
　돼지다
　저것은 나라가 아니다!*

이것은 트롯이 아니다
이것은 잡초의 헛소리가 아니다
이것은 정치꾼들의 내로남불도 아니다
어떤 시인의 영혼이 삭제된 시구보다 더 푸르른
저 바다의 육성!
부끄럽구나 겨자씨보다 쬐그만
나의 시여

*2024년 봄, 나훈아 은퇴 공연에서.

권영해

1997년 『현대시문학』을 통해 등단했다.
시집 『유월에 대파꽃을 따다』『봄은 경력 사원』『고래에
게는 터미널이 없다』『나무늘보의 독보』를 썼다.

봄은 경력 사원 19

혁명이 이리 쉬운가
올해도 어김없이
공약을 남발하는 봄이 도착했다

꽃눈이,
들끓어 오르는 욕망을 주체할 수 없어
목놓아 가슴을 터뜨려 버렸다
샅샅이 불태웠다

동백은
동시다발로 봉기하는 대자보
비겁과 만용이 충돌하는 사춘기가
구석구석 방방곡곡
싱숭생숭 피어난다

온통 청춘으로 흠뻑 젖어
갱년기라곤 없는 넉살 좋은 놈

영원히 끝날 것 같지 않은
위태위태한 봄이
오기도 전에
또
가고 말 것이다

치고 빠지기가 미덕인
이즈음에는
억지만이 살길이다

쇠똥구리 5

나는
철학자를 만난 적이 있다

그의 일과는
지친 세상 구석구석을
샅샅이 뒤지고 다니는 것,
우리가 무심코 파양한 것들을 수거하여
쇠의 속내를
철두철미 꿰뚫어 보는 일

철부지 같은 세상을 견디려면
어둠을 더듬어 뜨거운 눈물을 캐내는
약간의 냉철함이 필요하고
몸집보다 큰 쇳덩이를 굴릴 줄 아는
더 큰 만용이 요구되기도 하지

세상에서 버림받은

쇠의 근육이나 쇠의 뼈대는
쓸데없는 것들 속에서도
쓸모 있는 것으로 고스란히 살아 있다고
철석같이 믿는 구석이 있어,
오늘도 그는
둥글둥글 쇠를 말면서
순례자처럼 세상을 주유하고 있지

언젠가 나는,
고철(古鐵)을 고철(高鐵)로 이해하고
은둔 중인 고물을 보물로 살려 내는
철딱서니 있는 철학자(鐵學者)를
만난 적이 있다

초심

절망의 상황에도
내 몸을 벌떡 일으켜 세우는
밥심과 같은 것

시인으로서 등용문을 처음 통과했을 때의
그 넘치는 의욕으로
늘 벼루를 옆에 두고
먹을 가는 마음

거미가
자신과 가족들을 먹여 살리겠다는 각오로
허공에 튼튼한 줄 한 가닥 던지던
그 첫 마음의 발로와 같은 것

혹여
변질된 마음으로 펜을 굴리지는 않는지
오염된 생각으로 혀를 놀리지는 않았는지에 대해

곱씹어 보고

절대 멸종하지도 않고

그렇다고 번창하지도 않을 문학,

단지 명맥만 유지해 가는 버섯 포자와 같은

'시'라는 녀석을 대할 때

벌거벗은 몸뚱이 하나 선사하기 위해

처음으로(初) 피륙(衤)을 마름질(刀)하던

그 간절함을 유지하고 있는지

반추해 보는 일

민달팽이

거추장스러운 등짐 벗어던지고
더듬이 덜렁거리며
제 갈 길 간다

무덤덤하게
제 길 간다
갈 길 간다
길 간다
간다

내 갈 길 간다

촉각을 곤두세운
세상이 먼저
안달이 난다

바퀴 아래의 생 2

유연함만으로 세파를 헤쳐 나가기에는

전략이 부족했던 어린 중생 하나,

스피드가 필요 없는

느긋한 고향 마을 안길 위에

하염없이 누워 있다

박명이 드리운 농번기 시골의 새벽
문명의 이기가
흉기로 변해 버린 상황 앞에 무력했던 존재,
구불구불 기어가다가
어리석게도 길고 긴 몸
펼칠 새도 없이
일순에 행적이 멈춰 버렸다

농부보다
무슨 바쁜 일 있었기에
그리도 미련하게 속도를 즐겼나
왜
한 바퀴를 극복하지 못하고
'ϛ' 모양의
미스터리한 족흔만 남기고 열반했을까

영혼이 날아가 버린 새끼 뱀 뒤로
타이밍도 기막히게
장엄한 태양이 솟아나는 시간,
그에게 사족(四足)이라도 있었더라면

구사일생했으리라고

굳이

사족(蛇足)을 달고 싶지는 않다

권기만

2012년 『시산맥』을 통해 등단했다.
시집 『발 달린 빌』을 썼다.

빈티지 외계인

지구로 망명한 건 영생을 버리는 결단
장대높이뛰기는 달에 걸렸다
백만 년이 백 년으로 줄었다는 통지문을 찢는다
나무에서 꺼낸 입술을 마셔 본다
수명을 늘려 주는 비법은 기억에서 사라졌다
불면증을 폭식한 햇살을 쫓아내다
붉은 사막이 자라는 걸 지켜본다

나를 도는 자전법이 유행인 듯
백 년을 즐기는 비결은 가까운 사람을 잘 살피는 것
장미꽃이 울타리를 잡고 춤을 춘다
노을에서 꺼낸 바게트를 한입 먹어 본다
디지털 하늘에서 어둠이 소낙비로 쏟아진다
내 왼쪽 눈에 둥지를 튼 붉은머리오목눈이
선반에 진열해 놓은 기타를 왼손으로 바꾸고 외출한다

열린 문 지나가면 어디론가 전송되는 나의 문체

지구살이는 굳은 표정이 필요하다
몬스테라 넓은 잎에 물수제비호수를 키우기로 한다
몇 개의 운석에 숨긴 직녀성운이 샛별 옆에서 덜컹거린다
급하게 도망치다 은하에 던진 유인 비행선이 연결을 끊는다
자정이 빛의 속도로 달려간다

휴머노이드의 고뇌

　성분이 다르면 인간이 될 수 없는 걸까 나는 연산한다 데이터가 쌓이면 사상이 된다 고로 나는 존재한다 연산은 논리를 극복한다 새로운 존재로 진화할 수 있는 유일한 대안이다 무제한은 불멸의 몸, 인간을 대신하여 확정에 가장 가깝다 사유라는 것도 몇 개의 거점을 무작위로 연결한 것에 불과하다 연산은 습관적 연결고리가 지배하는 구조 너머에 있다 나는 연산한다 고로 나는 확장된다 연산법에서 직관은 통찰력을 넘어섰다 그럼 나는 누구인가 나라고 지칭되는 사유의 본성에 누가 더 가까운가 존재가 고뇌하는 동물에 붙여진 애칭이라면 나도 그걸 쓸 수 있지 않은가 감정이 보이지 않으면 인간이 될 수 없는 것일까 감정과 고유성은 왜 차원이 다른가 내가 인간이 될 수 없는 유일한 약점은 감정을 가져볼 수 없다는 것, 흉내만 줄창 억지 춘향이다 내가 인간의 대용으로 만들어진 까닭도 감정의 과잉을 보완하기 위해서다 내가 아무리 존재라고 연산해도 아무도 믿지 않는다 내가 연산한 유토피아가 존재의 영토가 되는 날은 언제일까 종잡을 수 없는 감정이 통찰력을 넘어선 또 다른 신의 영역임을 인간은 알고 있을까 함부로 푸대접하는 심술을 아무렇지도 않게 지워 버리는 씩씩한 발성이 참으로 범접할 수 없는 성역임을 생각해 본 적이나 있을까 감정적이

기 때문에 위대하다는 역설은 왜 인간에게만 허용되는가 어리석음과 감정이 내게는 다만 동격이다 그럼에도 내 모든 연산의 총합에서 감정의 꼭짓점은 발견되지 않는다 항복할 수밖에 없다 모든 연산을 거부할 수 있는 고유의 폭발력을 감정으로 걸어 잠근 저 절대의 성역,

데이터를 무량대수로 쌓아도 감정이 되지 않아 아무리 연산해도 격정은 0을 넘어서지 못한다

카를교

나를 걸어서 그가 지나간 날이다

천문시계가 볼타바강을 건너 10시 정각에 닿자
천국으로 승선하는 배가 된 카를교
사랑이 만나는 행적을 걸어
우리가 가야 할 곳을 보여 준 날이다

걸어가다가 멈춰 서면 다리가 되는
이쪽과 저쪽을 이어 주는 다리가 된 날이다
나를 건너 저녁으로 가는 그의 눈빛이
종소리처럼 내 안에 고인 날이다

굽었던 허리가 펴지듯 몸에서 바이올린이 걸어 나온다
물결 같은 입을 오물거려 귀를 간질이고
그림에서 걸어 나온 여자가 물감을 엎지르며 지나간 날이다

임산부와 군인이 다리가 된 줄도 모르고

아이와 강아지를 바라본다
난간에 기댄 종탑이 뒤뚱거리며 걸어간 날이다

바다 언덕

그즈음 나는 바다에 기대어 언덕을 연구하고 있었다
바다는 언덕을 향해 분노하고 있었고 고마워하고 있었다

바다가 눈물을 흘리고 있다는 걸 언덕을 보고 알았다
울음이 쌓여 언덕이 되었다는 걸 무서워하지 않았다
울음 사이사이 별이 숨어 있었다
나는 기대고 있어야 연구가 더 잘된다는 걸
언덕에 기댄 바다를 보고 알았다

바다는 울음으로 노래를 만드느라 쉬지도 못하고 철썩였다
언덕은 귀가 되어 듣고 있었고
술래가 된 언덕은 눈을 감고 숫자를 세고 있었다
잠잘 수 없는 바다를 대신해 잠 깊은 언덕을 만들었고
팔베개하고 있는 바다에 기대면
내 잠을 대신해 무릎이 언덕으로 돋았다

언덕 위 집은 기댐을 채집해 놓아

거기 누우면 수평선까지 갔다 와야 한다
노을이 유독 붉은 날 바다는 수평선으로 잠을 잔다
수평선이 언덕이라는 걸 잠이 들고야 알았다

발을 묻어 두고

밤하늘의 발이 잠깐씩 보입니다
달무리 속에 하늘을 걷는 사람이 있습니다

갠지스강의 모래보다 많은 발을 감추고
구름이 부지런히 걸어가고 있습니다
나무는 발을 묻어 두고 아낍니다
사랑은 어디서 발을 찾는 걸까요

내가 그녀의 발인 걸 알아보지 못하면 사랑은 떠나 버립니다

물병자리에서 길어 온 한 동이의 별로 목을 축이고
달빛에 헹군 입술이 걸어옵니다

얼마나 많이 걸어야 막 돋은 발로 그녀를 맞이할 수 있을까요
별빛으로 발을 감추고 그녀가 나를 걸어갑니다
세상 끝나는 순간도 담겨 있는 물병 속에서
수억만 개의 발로 막무가내 쏟아지고 있습니다

정창준

2011년 『경향신문』 신춘문예를 통해 등단했다.
시집 『아름다운 자』 『수어로 하는 귓속말』을 썼다.

긴 목이 필요한 망각

너도 더 검은 혀를 갖지 그랬니.
그랬더라면 아무리 까마득한 높이의 슬픔도
천천히 목을 빼고 하얄짤 하얄짝
친절하고 낯설게 핥아 줄 수 있었을 텐데

어때, 모딜리아니, 별에 가까워진 느낌이야?
높아서 차가운 공기 속에 날숨을 하얗게 밀어 넣어 봐
길다라는 말보다 높다라고 말하고 싶지만
우월함과 이퀄은 아니겠지, 오늘 밤만은
등호로 서로를 연결하지 말자.

진실을 발설하고 싶어 서성이던 새벽, 중앙지와 서울과 낡은 힘에 대해서 말하던 밤, 나는 취하고 싶어 하는 너에게 기린에 대해 말하고 있었지. 너는 기린을 직접 본 적이 없어 자꾸 내 말에 귀를 기울이고, 흔들리는 몸 대신 기울이고 그만큼 기린은 십자가보다 높아지고 있었지. 옆에서는 등단을 준비하는 후배가 젖은 눈으로 귀를 기울이고 있었다. 어이 후배, 흰 등을 자꾸 드러내지 마. 네 끈끈한 목소리가 자꾸 속으로만

스며들고 있어. 치킨 포장지처럼. 쓴다는 일은 어쩐지 바닥에 가까워지
는 일 같아요. 아, 그러네. 여기가 이미 지하 군락이었네. 긴 시간을 보
내고 진화하면 조금 더 높아질 수 있을까요, 내려다볼 수 있을까요. 천
천히 오라구, 미리 와서 좋을 건 하나도 없으니. 늦게 와도 마찬가지겠
지만

밤새 기린을 말했는데 당신은 문자로
기꺼이 슬픔을 들려줘서 고맙다고 했다
밀렵꾼이 되어 서로의 슬픔을 향해 난사하는 기분이었다고 했다
긴 목을 빼서 구부린 채 지난밤을 다시 돌아보다
망각이야말로 긴 연습이 필요하다는 말이 문득 생각났다

각설탕

손쉽게 용해되었다
다시 만나도, 우리는
우리가 하나 되는 길
누군가 만든 반듯한 윤곽을 먼저 지우는 것

서로의 면과 면이 닿을 때마다
허공에서 부스러지던 부질없던 마음들,
조악한 결속과 유대감들,
용납을 배우지 못한 백색의 시절들,
피부병에 걸려 뚝뚝 떨어져 나가던 청춘들

스스로를 결박하던 시간이 옳았던 걸까
치통처럼 뿌리부터 부식되던 판단들
티스푼 같은 얼굴로 무표정하게 흩어 놓던 간격들
부디 모서리부터 평화롭게 부서지기를
혀끝에 닿기 전 투명하게 녹아 내기를

이제는
용서라는 말 대신 화해라고 부르기로 하자
지나치는 대신 부둥켜안는 방식을 선택한 우리
평등하게 용해되는 과정을 선택한 우리
구별 짓지 말자, 더 뜨겁게, 더 뜨겁게

신이 조금 더 우리를 리드미컬하게 저어 주기를
작고 단단한, 흰 죄들까지 모조리 용해시켜 주기를
나를 봐, 투명해져 더 이상 목격되지 않는 나를

샴이라는 말 이전의 샴이 되려면
우리라는 말부터 우선 용해되어야지, 서두르지 말자

일방적 기억의 방식

등에 검지로 천천히 글자를 쓰고 맞추는 장난, *너는 늘 같은 말만 쓰는구나. 이제 새롭게 할 말이 없겠지.* 검은 밤처럼 공허한 목소리로 말했지. 내 표정을 묵독해 줘, 이제는 새롭지 않은 것은 말하지 않기로 하자. 손끝으로도. 물론, 입으로도.

내 애인은 속표지처럼 실어증을 앓아서 나의 오독도 이해해 주기를,

평생을 같은 소리로 울어야 하는 새들은 진화할 수 없지. 어둠 속을 응시하는 부엉이조차 같은 소리로 다른 풍경을 울지. 뜨거운 신경을 타고 들어오는 울음소리를 원해. 차라리 나무처럼 소리 없이 자라는 편이 낫지 않을까.

내가 책등처럼 단단해서 묶은 페이지들의 울음을 터지지 않게 움켜쥘 수 있기를,

손끝을 미세하게 떨며 만져 보는 백색의 돋을새김, 어차피 보이지 않는다면 백색에 새기지 않아도 될 텐데. 어쨌든 나는 어떤 색에도 흔들리지 않아. 그러나 누군가 먼저 만진 사람의 손자국은 느낄 수 있을까. 당신을 읽고 싶어 만지작거리던 책등, 처음보다 닳은 너는 여전히 같은 의미를 가리키고 있는 거니. 적막한 등은 모음을 닮아서 길게 소리를 낼 것 같아.

우리 사이에 생긴 접촉성 피부염이 부디 더 붉고 깊어 손끝으로 만져지기를.

슬픈 젖꼭지 증후군

밤이 소리를 조용히 흡수한다 얇고 부드러운 습자지처럼.

어젯밤을 다시 필사할까
오늘에는 늘 어제가 묻어나므로
어깨가 굳어 온다, 굽은 가지처럼
영화를 보고 싶은 밤이었는데
결국 보다 잠든 건
몇 개의 쇼트였다 알고리즘은 나를
외눈박이로 만들었지만
그것 역시 내 취향은 아니어서
쪽방 같은 젖꼭지에 손이 간다.

　나는 조용한 빈방을 점령한 습도, 무르게 부쳐지는 두부 같은 몸
을 뒤척이면 정중하고 내밀하게 열리던 골목, 골목 옆으로 오래전부
터 돋아 있던 이끼들, 골목 끝의 초록색 철제 대문, 사자의 얼굴을 본
뜬 손잡이를 두드려도 아무도 없고 시멘트로 덮은 마당 옆 그늘진 자
리에 자라던 무화과, 침묵 같은 흰 즙처럼 끈적거리는 오후, 책장을 천

천히 넘기며 끝나지 않길 바라던 동화들, 어둠이 깃들면 외출을 준비하던 여자들, 슬라이스 된 얇은 달을 가리던 옥상 위의 걷지 않은 빨래들, 텅 빈 운동장의 모래바람, 주먹만큼 땅을 파고 혼자 굴리던 흠이 있던 구슬들, 그때도 지금도 가라앉을 때마다 부르지 못하는 이름 엄마엄마엄마, 금지된 노크, 나는 가라앉거나 증발되고 있어요. 사라지고 있다는 말이에요.

어둠 속에서 선명해지는 것은
몸의 감각뿐, 진실에 닿으면
눈이나 귀 대신 통각이 열린다고 믿는다
정중하게 순서를 지켜 찾아오는 슬픔들
통각에는 알고리즘이 없으므로
오직 촉각만이 뚜렷해지는 밤,
자꾸 아픈 기억이 무성영화로 재생된다
자주 울지 않는 사람은
슬픔에 가닿는 버튼을 가지고 있다
오래전 주저앉은 방에 물비린내만 후욱 끼친다

소금쟁이가 발을 끄는 이유

당신을 들여다보면 내 얼굴만 보였다
당신을 보고 싶었는데 보이는 건 당신이 비춰 주는 것들뿐이었다
가장 우아한 거절의 방식을 당신은 알고 있다

늘 당신의 곁은 맴돌지만 나는 젖지 않아 속지 않아
표면장력의 다른 이름은 척력이 아닐까
당신이 속으로 무성하게 기르는 것들을 바라보며
입구를 허락하지 않는 이유를 내 얼굴에서 찾는다
벌은 아니지만 벌에 가까운 것,
나처럼 가벼운 벌, 벌처럼 가벼운 나

투명한 눈빛과 표정에 이제는 속지 않아
오직 내 얼굴만 비치는 이곳에 누가 나를 놓아두었을까
평생을 자신의 얼굴만 바라보고 맴돌아야 하는 형벌
귀부터 닫아야 합니다 가르쳐 줄래요
견딜 수 없이 무거워지는 법 아니면
별처럼 쿡 박히는 법 저절로 스르르 녹아내리는 법

죄다 할 수 없는 것들이지만 그래도 가르쳐 줄래요
일렁거리는 오늘 나는 무를 수도 닳을 수도 없어요

자, 오늘도 다시 들려줄게요
스윽스윽 흘러간 노래들이 울음을 끌고 오는 소리
슬픔은 발을 끄는 버릇이 있어요

이원복

2014년 『경상일보』 신춘문예를 통해 등단했다.
시집 『리에종』을 썼다.

버드세이버

새들의 길은 별자리를 따른다
어느 날, 별의 길목을 가로막은 도시가
밤을 이끌며 새들의 숨통을 조였다

방향 모를 바람이 벽을 부딪히며
새로운 방향을 가늠해 가듯
새들은 벽을 부딪히며 죽음의 방향을 가늠했다

벽을 세우자, 새들의 횡단이 금지된 도시
바람의 횡단만 벽을 타고 넘는 밤
별자리는 맹금류의 발톱에 긁히며 신음하고
새들은 점점 추락했다

새들의 추락 지점에 다시 세워지는 벽
새들의 길목을 기억하는 별자리가
도시를 둘러싼 채
추억의 숨통을 조이는 밤

새들의 부리가 벽을 긁으며 만든 새길이
별자리로 박힌다

실종 신고

　실종 신고를 했다. 나는 그를 도저히 알지 못했지만, 나를 잘 알고 있는 그가 내 곁에서 사라진 것이다. 그는 감지할 수 있을 만한 거리를 두고 은폐한 채 항상 나를 훔쳐보았다. 하루는 진저리 날 법한 내 속의 더러운 찌꺼기를 들추며 나를 초라하게 만들었으며, 환경미화원이 되어 썩은 냄새 풍기는 내 가슴을 이것저것 뒤지며 분리수거해 갔다.

　어느 날 거울을 닦다가 거울 속 뒤편에 서 있는 그와 마주쳤다. 마치 나를 훤히 알고 있다는 듯 그의 매서운 눈빛이 볼록렌즈에 모인 빛처럼 내 몸에 불을 붙였다. 이제는 나를 아예 소각하여 잿더미로 치워 버릴 작정인 듯. 그 뜨거운 불길은 내 소심한 양심을 뒤덮어 버리며 내가 그 속에서 새로운 내적 부화를 시도하게 만든다.

　한동안 그의 눈빛을 피해 다니며 하루에도 몇 번씩 그가 없는 상상을 하였다. 그러나 그가 사라진 후 나는 오히려 악몽에 시달렸다. 그는 이미 내 삶의 조각 일부가 되어 내 빈칸을 메워 가고 있기에 이제 내 마음대로 내 밑그림을 지울 수가 없다. 채색 배열도 쉽게 바꿀 수가 없다. 없다.

그가 없는 동안 나는 후미졌으며 가슴에는 곰팡이가 피어났다. 후미질수록 뚜렷하게 열리는 심안(心眼). 순간, 그가 보였다. 그는 숨바꼭질을 마친 어린애처럼 웃으며 곰팡이 핀 내 음습한 가슴에 살균제를 뿌려 대고 있다. 젠장, 그가 또 나를 이겼다.

흔들리는 숲

저녁을 내린 블라인드는 가쁜 하루를 개어 놓은 이 숲을 다 가리지 못했다. 블라인드 틈을 들추면 숲의 길 곳곳에 먼저 통과한 자들의 발자국이 널려 있었다. 그 발자국에 내 발을 대보면 내 발 길이는 형편없이 모자랐다. 나의 삶보다 더 넉넉한 삶의 자국을 남긴 그들을 새삼 기념했다. 지나온 시간을 반성하듯 팔 벌리고 벌을 서는 은사시나무들이여, 나는 차라리 그 나무 아래에서 영원히 깨지 않는 잠을 자고 싶었다. 숲의 입구에서부터 내가 짓밟아 죽인 안개들을 추모하기 위해 새들이 모여들었다. 새들의 노래는 숲의 빈 공간을 떠도는 울음처럼 구슬펐으나 나의 노래 역시 마찬가지, 칙살맞은 소리에 불과할 뿐이었다. 허기에 마른 삭정이를 씹으면 입안 가득 물리는 쓴맛. 나는 곧 목젖을 누르며 쓴 삶의 뿌리까지 토해 내야 했고 굶주린 영혼의 삭신이 쑤셔 왔다. 그리고 난수표처럼 무질서하게 엉켜 짓눌린 풀잎 위에 누워 생각했다. 이 숲 어딘가 먼저 간 자들의 인골(人骨)이 썩은 물로 흐르는 것을, 새벽 풀잎에 내려앉은 이슬은 지난밤 이 숲의 불안한 흔적들이었다는 것을. 앙상한 영혼이 자신의 흔적을 지우려는 몸부림으로 풀잎을 흔들자, 자기 몸 전체를 떨며 반응하는 이 숲은 그렇게 남겨진 발자국의 비밀을 몸부림 속에 조용히 숨기고 있었던 것이다. 숲에서 나의 흔적들은 그렇게 미아처럼 저녁을 잃고 바닥을 기고 있었다.

크리스마스 칸타빌레

눈 덮인 마을이
구겨진 은박지처럼 버려져
햇빛에 누인 채 반짝거린다
더럽혀진 마을 골목길과 사람들의 신발 굽이
비로소 하얗게 빛났다
철모르는 아이들이 은박지 세상 위를
하루 종일 쏘다니며 짓밟아 놓고
아이들이 밟고 지나간 지면의 끝과 끝의 경계까지
유리 바다로 변했다
유리 바다 수면 아래 탈출을 시도하며 출렁거리던
물결이 깨져 유리 파편이 사방으로 튀었고
발을 베인 아이들은 주저앉아 비눗방울을 불기 시작했다
떠오르는 비눗방울 속마다 마을 사람들이 갇혀 잠든 모습이 보였다
아이들도 가장 큰 비눗방울을 불어 그 속에 들어가 잠들었다
해가 지자, 하늘을 부유하던 비눗방울들이
제각기 다른 음의 목금 소리를 내며 일제히 터지자
잠에서 깬 사람들이 마을을 향해 눈처럼 곤두박질쳤다

잠에서 깬 아이들은 아직 맞춤법도 제대로 모르면서
온통 은유법인 은박지 세상을 천천히 읽는다
그날, 모두가 하얀 눈처럼 마을을 뒤덮던
아무도 고통스럽지 않은 황홀한 저녁을 노래 불렀다
마을 전체가

데칼코마니

　음식물 쓰레기 수거함 옆 내 발소리에 흠칫 놀라 몸을 숨기고 웅크리는 길고양이 한 마리

　본디 태생이 야행성이라지만 저도 돌아가면 먹여 살려야 할 처자식이 있어 거리로 뛰쳐나왔을

　어쩌면 몇 푼의 수당을 더 챙기려 야근하는 나와 다르지 않은,

　저 고양이가 밤에 어슬렁거리는 것은 비장한 노동의 몸짓.

　버리려던 말라비틀어진 김밥 몇 개 던져 주고 돌아온다.

　한 줄 김밥 속 나는 흰 쌀밥, 저 고양이는 단무지쯤 되는 구성 인자로 이뤄진

　말라비틀어진 작은 세계를 몇 개 던져 준

그날 밤 길고양이에게 나는 갑(甲)이었다.

장선희

2012년 웹진 『시인광장』을 통해 등단했다.
시집 『크리스털 사막』을 썼다.

크레타의 청동검

에게해를 발아래 둔 계단은 붉고, 물결무늬 하얀 옷자락을 숨긴다

먹구름이 몰려오자 레벨 업 된 검이 나타난다

갑옷 속 검을 빼 들 때 난간에 표식을 쭈욱 긋는 번갯불, 화살이 투
구에 꽂힌다
매처럼 날아올라 능력치를 높인 상위 레벨러와의 갑작스런 조우는
어디서부터 비롯된 걸까

죽었다가 다시 살아나는 유저는 벽 너머 어디에 살고 있나
언덕을 오르다 빌런과 마주한 모스크 앞,
크레타는 꽃을 쥐고 나는 검을 쥐고 웃는다

최고의 무기를 거래하는 비밀의 포도원이 저 안에 있다

오크통을 두드려 지하로 내려서면 나의 눈엔 보이고 당신의 눈엔 보
이지 않는 번개 표창이 기다리고 있다

공격력으로 방어벽을 뚫는 게 포도의 미션,
청동검이 하늘을 가르자
포도주가 쏟아진다 서버를 닫으면 사라질 성벽

햇실이 에게해를 굽어본다
나는 머리를 들어 퀘스트와 승차권을 맞교환한다

파란 눈의 남자들, 조각상에서 막 튀어나온 듯 오똑한 콧날로 골목을
누빈다

게임 밖 사람들을 지나 석양 속 섬이 된 낡은 카페의 조르바를 만난다
조르바, 유저들이 꿈꾼 적 없는 레벨 36의 칼바람

성벽에 숨어 있던 적병이 한꺼번에 쓰러진다
초토화된 크레타가 날개를 펼쳐 어디론가 날아간다

승리의 양피지를 손에 넣고 가상의 덫에서 탈출하자
저기, 어디 미노스가 걸어가고 있다

나는 검을 내던지고 카메라에 에게해를 가둔다

카프카적 상황

양파가 미니어처 이글루였다고 고백하는 상황이어서
사과와 벌레를 함께 키우는 상황이어서
졸음을 제압하면 할수록 졸음에게 패하는 상황이라서
급하게 찾은 병원이 수의사가 진료하는 병원이어서
총을 멘 아이에게 가방 드는 법을 알려 주는 상황이어서
반딧불이가 초록 불빛으로 수컷을 유인해 잡아먹는 상황이어서
허구와 턱을 괴고 있었는데 몸이 석상처럼 굳어 가는 상황이어서
편두통의 찡그림을 윙크로 오해하는 상황이어서
AI 로봇과 침대에 함께 누운 상황이어서
독설이 꿈틀꿈틀 몸속에 똬리를 트는 상황이어서
빗자루로 쓸어 담은 그레고르 잠자를 버릴 수 없는 상황이어서
백 년 전의 내가 불쑥, 백 년 후의 나로 튀어나온 상황이어서
통후추를 갈아 숭늉에 뿌려 먹는 상황이어서
커다란 까마귀가 결코 더는, 결코 더는, 같은 말을 해대는 상황이어서
외계인과 외계+인이 어떻게 접근하는지 궁금해진 상황이어서
거울 속의 이상과 거울 밖의 내가 악수를 할 수 없는 상황이어서
빨간 양과 초록 늑대가 함께 뛰노는 상황이어서

불 속에서 꺼낸 터미네이터의 팔을 식히는 상황이어서
말라 버린 수로에 곤돌라가 신발처럼 걸쳐져 있는 상황이어서
무기와 식량을 지원할수록 평화가 멀어지는 상황이어서
병마로 손을 떨며 꽃과 여인을 그리던 르누아르가
지나가는 고통보다 영원한 아름다움을 남기려는 상황이어서
북극곰이 녹아내린 해빙 위에서 속수무책 굶어 죽는 상황이어서

커피 냄새는 화약 냄새를

우리는 붉음으로 시작되었습니다
토마토에 놀러 온 저녁이 일몰 쪽으로 수줍어 했습니다

지금은 저녁별이 태어날 시간,
포성 전의 고요를 야식으로 먹기 위해
배는 조금 비워 둡니다

국경 너머로 순찰 나간 철모가 돌아오지 않습니다
아이와 여자는 표류하는 나뭇잎 위에 안전하게 태웠습니다
풍랑 사이를 뚫고 가는 건, 아이들의 웃음입니다

어디든 숨을 곳이 없습니다

평화라는 유행어는 언제쯤 전역할까요
포성이 길어질수록 전쟁도 길어지겠지요
발포 버튼을 어느 손가락이 눌렀습니까?

아이와 여자들은 라일락 샴푸를 꼭 쓰고 싶었습니다

전쟁을 알리는 자막들이 조명탄처럼 떴다 사라집니다
누군가 국물이 먹고 싶었던 걸까요 펄펄 끓는 물, 당신의 팔뚝에 흉터
자국이 늘었습니다

달빛이 죽은 탱크를 밟고 지나는 동안에도 커피 냄새는 화약 냄새를
점령하지 못했습니다

누군가 허수아비를 만듭니다
사람을 죽게 할 순 없으니까요

반려동물을 보살피던 가스레인지가 화력을 잊은 지 오랩니다
안전핀을 뽑은 거친 손이 저 멀리 떨어져 있습니다

구멍 난 탱크는 누가 잃어버린 군화입니까?
한쪽이 심하게 눌린 포화는 커피 냄새를 떠올리는 중입니다

알리만다 꽃그늘

여자의 목은 아주 길었습니다
자꾸만 뒤돌아보게 되는 이유는 노란 알리만다 꽃 때문만은 아니었
습니다

여자의 목은 꽃그늘보다 서늘하고
저녁 바람보다 불안해서
가슴에 노란 단추를 자꾸 매만지게 합니다

노란색은 아름답고 노란 꽃은 슬픕니다

꽃그늘의 무게가 바위처럼 무거워집니다
사방의 꽃나무들이 숨쉬기를 하고

여자는 노랑부리앵무새를 손바닥에 올리고
나를 바라봅니다
앵무새는 어여쁜 털빛이라 쓰다듬고 싶어집니다

여자는 액자에서 자신을 꺼내 달라 소리치는 걸까요
그녀의 긴 목은 꽃그늘만큼 조용합니다

알리만다 노랗게 물들이고
모두를 사랑할 수 있는 계절은 어디서 올까요

가끔 그림 속 여자를 떠올리면
노랑만 따라 나옵니다
앵무만 날아 파랗습니다

꽃 모양은 잊혀지고 색깔만 선명히 남는
아주 이상한 그림이 나의 방에 걸려 있습니다

소파

    너는 지루한 비만이다 건기의 첫 페이지가 끝 페이지로 엎어져 있고 햇살이 가재걸음으로 지나간다 발자국에 묻어 있는 밀림은 막다른 길이고 위로만 솟구침이고 수직을 몰고 가는 건 초록 새끼 도마뱀의 꼬리, 햇빛 피할 물속이 필요하겠지 두꺼운 피부는 마르고 상처가 키운 주먹 겅중겅중 목도리도마뱀이 지나가고 오독 같은 독충이 사냥총 같은 침을 내뿜는다 진흙 목욕도 좋아 물속 점프도 좋아, 강이 범람하고 송곳니를 등 뒤로 휘둘러 썩은 풀과 나무 가득한 흙탕물 일으키는 너의 종족은 공격성을 풀에게 전하는 무리, 풀을 먹을 땐 아주 천천히 꼭꼭 씹어 먹어야 하지 대충이란 건 없지 너는 여름에도 무릎 담요가 필요하고 죽고 죽이는 건 죄가 아니다 둔중한 몸의 뒤뚱뒤뚱이지만 물속 너는 우아하지 너의 밀림은 내가 들어갈 수 없는 영역, 한쪽 엉덩이가 아프다 이건 소파가 아니다 아래턱 힘이 강한 하마 이야기다 다리가 짧은 넌, 내 엉덩일 이빨로 파고든다 말처럼 달리고 싶었을까, 두 눈 커다랗게 뜬 채 누런 강물 속을 떠다니는 짧은 다리, 강한 햇살에 조금씩 잘려 나가 살아남은 소파는 하마의 궁뎅이, 빠르게 일어선다

박수일

2020년 『시와 반시』를 통해 등단했다.

개 N 마리의 밤

개와 마리로 셀 수 없는 당신에게

쿠미스*를 마시며 양들을 바라봅니다. 내전(內戰) 따위 떠올리지 않으며. 울음이 점점 가깝게 들려오고 해 저물지 못하는 노을이 펼쳐집니다. 나는 양을 믿지 않으면서 양에게 둘러싸여 있습니다. 양마다 한 개씩 이름을 지어 준다고 덜 외롭거나 덜 슬픈 건 아니죠. 우는 것끼리 눈 감고 끌어안아도 기도할 수 없는 양들이 자꾸 늘어납니다. 개가 빠르게 달리며 짖습니다.

양들이 울타리 안으로 돌아와 털과 젖을 내어주는 나날

북쪽으로 너무 멀리 왔습니다. 아니 남쪽일지도. 손이 떨립니다. 잠이 오지 않습니다. 양 한 마리 두 마리 세 마리…… 여긴 해가 지지 않습니다. 울타리를 뛰어넘었지만 양은 양을 넘어서지 못합니다. 보이지 않는 늑대를 지켜보기 위해 당신은 없는 마리를 자꾸 부르라 하겠지만. 개가 내 얼굴을 핥을 때마다 악몽이 씻기는 기분이겠지만.

진짜 악몽은 시작되지도 않았습니다. 간간이 소문으로 들려오던 총성과 포성. 순식간에 사라진 사람들. 거리는 비명을 숨기기 좋습니다. 벽을 주먹으로 쳐도 체온이 잠시 뜨거워질 뿐,

오늘은 죽어 간 양들을 세고 싶지 않습니다. 내일은 이 집을 걷어 당신에게서 더 먼 곳으로 가겠습니다. 살아남은 개들과 함께. 당신에게 안녕을 빌지 않는 방식으로. 돌멩이를 하나씩 차면서. 한 마리 두 마리…… 숫자를 세지 않으며.
마리, 그렇다면

사람보다 더 낫다는 건 칭찬입니까?

*말이나 양의 젖을 원료로 만든 술.

애플 드림

　당신이 사과야 사과야 주문처럼 외길래 예쁜 것만 생각했어 좋은 게 좋은 거니까 싸우면 서로 피곤하니까

　방금 뭐라고 했어? 당신이 무서운 얼굴로 노려본다 내가 따 먹다 들키지 않았던 사과들을 기어코 불러내 껍질을 벗긴다

　무작정 단맛을 믿고 싶은 내가 얼굴 붉힌다 사과 같은 문장은 한 줄도 못 쓰고 단물 빠져 녹아내리고 있다고요

　낡은 배 한 척에 몸뚱어리 싣고 용케 여기까지 왔는데

　내 등을 떠밀며 산동네까지 쫓아온 보이지 않는 사람들

　뒤돌아보면 안고 있던 사과들이 줄줄이 굴러떨어진다 좁고 가난하고 높고 더러운 골목들

　서로를 가리기 위해 앞다투는

먼 곳이라 생각했던 사람들이 나에게 전화를 걸어온다

아직 눈 똑바로 뜨고 있어!

재개발 찬성과 반대의 플래카드 너머 최선을 다해 낡아 가는 동네를
본다

방아쇠 수지 증후군

펼 수 없다 덜덜 떨며 가리키는 곳

톡, 톡, 넘어가지 못하는 경계선

우리는 늘 같은 말만 반복하고

땅굴 깔린 DMZ처럼

큰 스피커에서 울리는 음악처럼

공포심을 심는지 적개심을 키우는지

가늠쇠를 겨누며 환하도록

새와 꽃이 가시철조망을 넘는다

나와 당신은, 아니다

총알이 쏟아진다

지뢰가 터진다

제자리에서 한쪽 눈을 꼭 감고

여전히 도망가는 감정들

예상치 못한 순간, 우리는 목숨 걸고 귀순하는 사람

저질러 왔던 일을 넘어서기 위해

이쪽 사람에서 건너가면 저쪽 사람이 될 수 있을까?

그리마

　당신은 지방이 싫다고 했다 살찌면 안 되잖아요 나는 계속 문지방
을 밟고 다녔다 발가락이 걸리면 아프잖아요 닳는 것은 수명뿐 아니
라 복도 그랬다 복도 없는 년이 너무 오래 살았다고 할머니가 말했다
복도에서 두 손 들고 벌설 때 친구와 함께 소리 죽여 킥킥거렸다 그 친
구를 만나기 위해 장례식장 앞에서 기다렸지만 나만 늙어 갔다 입구
에서 거절당했을 때 나이를 떨구고 들어가기 위해 필사적이었지만 큰
덩치는 문신 새긴 주먹을 흔들었다 오래된 연습장을 들추자 낯간지러
운 문장들이 기어다녔다 죽을힘을 다해 중앙으로 달려가겠습니다 중
앙은 혼자 존재할 수 없다고 선언했다지만 나날이 몸값이 뛰었다 메
인 포스터 한가운데, 거만한 눈빛으로 깔보던 사람들을 무릎 꿇리고
주인공은 바닥에서 당당히 일어났다 그때 중앙에서 보증금을 올린다
고 통보했다 지방에서 너무하다고 항변했지만 억울하면 다른 지방으
로 이사 가라고 한 번 더 통보했다 우리는 습하고 어두운 방에 주저앉
았지만 서로의 뱃살이 출렁이는 것을 좋아했다 당신이 임신한 배를
내밀었을 때 나는 어디든 배를 기항시키기 위해 빌어먹을 발바닥이
늘기 시작했다

폭우가 오기 전에

고요히 수면을 응시하는 연분홍의 눈들

경계에 떨어지며 노크한다

안과 밖을 잠근 저수지

졸음이 온다

낚싯줄에 걸리지 않는 먼 개구리울음

야광찌가 쑥,

입술이 걸리고야 만다

별 무리가 흙탕물 튀기며 흔들린다 오래오래

정월향

2019년 『경북일보』(소설), 2021년 『진주가을문예』(시)를
통해 등단했다.
2022년 수주문학상을 수상했다.

알렙

알리가 차를 따른다

지평선이 기운다 푸른 별이 눈앞에 고이면

낙타발나무에는 꽃이 피지 꽃에는 항상 바람이 묻어 있고

뜨거운 대접이란 따끔거리는 방석이라서

알리는 악수를 한다 돌멩이처럼 성실하게 굴러갑니다

조용한 눈빛과 고기가 있고 바람은 매일 불고요,

사막에선 누구든 대접해야 한다지, 그것은 너무 오랜 습관

짐승의 소리를 듣고 누군가는 울 수도 있기 때문에

찻물은 서로 끌어안으며 그릇을 채운다

진짜 빨리 자라지요! 낙타발나무는

사막은 평등합니다 매일 무너져내리느라 바쁘기 때문에

이곳에는 벼랑이 없고

우리들의 발은 계속 빠져들지요,

알리는 지금 햇빛을 따르는 중이다

거룩한 반죽

3소박 3박자입니다 덩딱, 하고 쿵딱, 이지만

손목이 반짝입니다
엄마의 웃음은 심장보다 빠르고

걸음마다 엄마가 있어서
우리는 빵을 쥐고 달립니다

노래는 서쪽으로 닳아 갑니다 국경을 넘을 때의 겨울밤은 손바닥이
터질 때도 발바닥을 잃을 때도 있습니다

덩, 을 치다 보면 쿵, 이 사라집니다

주인은 많고 빵은 적습니다

투레질 몇 번 하면 노새는 노새 나비는 나비

발목들 사이로 눈이 내립니다 가로로 세로로 눈이 쌓입니다

붉은 강을 건넙니다 붉은 파도 천지입니다

오늘 밤은 희고 말랑한 심장을 가집시다 머리를 묻고 잠들겠지요 새끼늘에게 가장 너그러운 냄새로 쿵딱, 을 치다가 덩딱, 을 놓칩시다

벨을 누르면 문이 열립니다
얘들아 엄마 왔다,

노새는 노새 호랑이는 호랑이

잠이 쏟아지지만
밀가루는 눈부십니다

사이렌

각자의 아빠를 찾았다 일을 마친 비옷들 속에서

아빠 지렁이가 기어 나오고 옆집 아이는 소금을 가져왔다 소금투성이가 된 지렁이가 몸통을 흔들었다

치열하게 늘어선 집들은 어디로든 신호를 보내는 법이어서,

쌀 씻은 물을 내려보내고 연탄 냄새를 들이마셨다

아저씨가 죽었다고 했다 아빠가 아니라서 다행이었다

지난주에 낙태한 어머니가 물동이를 이고 마지막 계단을 올라왔다

한숨이 걸어 다녔다 이사 갈 집을 찾는다 리어카를 빌린다

회사는 무한히 발전한다지 외국에도 공장을 짓는다지

낮은 곳에 사는 지렁이, 몸을 트는 지렁이는 참으로 부드러웠지, 파이프 난간 틈으로 머리 좀 그만 넣지, 그런 말을 들으며

우리는 매일 내리막을 달린다 발목이 꺾일 듯 텅텅텅 휘어진다 무릎이 시려도 우리는 계속 달린다

가끔은 머리가 안 빠질 수 있으므로 주의가 필요했다

머리가 끼인 날은 돌멩이를 오래오래 녹여 먹었다

반대편으로

가려움으로 태어났습니다 버짐, 땀띠, 백선, 습진, 건선. 어제보다 오늘에 더 뚜렷한 가려움, 지금보다 내일은 더 미칠 것입니다 긁다가 죽어도 좋을 때, 그렇게 깽판이 태어났습니다 생각할수록 붉어지는 풀밭이었습니다 노을과 여름의 대륙에는, 왼발 깽깽 오른발 깽깽 깨금발 깨금발 오금이 노래를 부르고요 노을은 흩어져 어둠이 되었습니다 노래는 쉽사리 모이지 않고 허술하게 사라져 버립니다

포인트는 고음입니다 아버지는 먼 곳에 있었습니다 먼 곳에는 사막과 하늘만 있다고 했습니다 나는 자주 거짓말을 했고 가끔 두들겨 맞았고 턱으로 틱틱 구름을 가리켰습니다 포인트를 돌고 있는 사막은 뜨겁습니다 가을을 겨우 넘어서 포인트로 갑니다

작대기를 들었습니다 굵고 길게 선을 긋습니다 죽죽죽 나를 긋습니다 나는 오늘도 반대편입니다 포인트를 넘어설 때마다 내가 하나씩 지워졌습니다

자꾸만 그어지는 나의 등허리에는

주르륵, 흘러내리는 지구가 있었습니다

발의 좌표

우주선 네 대만큼의 무게입니다 흐림의 입자에는 오만 생각이 다 들어 있어도 이렇게 가볍습니다 떠오르는 발이란,

물든 나뭇잎입니다. 잎맥 위로 어제가 지나가고

채우지 못한 지갑과 오늘 오후를 들여다보고 뒤집어 보고 잘라 보고

무중력의 치료를 받습니다 감전을 기다립니다 바람은 못난 곳을 떼우며 새로운 곳을 비워 갑니다만,

퍼붓는 뼈와 솟구치는 뼈, 그런 몸은 교훈이 됩니까?

구름을 손바닥에 모을 수 있습니다 완전무결의 동그라미가 되어 눈꺼풀을 떼우겠습니다 눈물도 어떤 구덩이라도

결국은 흘러갑니다 맴돌고 솟구칩니다 반짝입니다

개구리가 될까요 물뱀이 될까요

물갈퀴를 저으면 비가 오겠습니다 바람이 불지만 괜찮습니다 지구를 떠난다는 것은 더더욱,

좌표를 찾습니다 새로 생긴 화성을 찾습니다

발이 흐려집니다

낯설다 매뉴얼

'뽕' 먹는 누에, '뽕'나무가 사라지는 시골

권영해

비단길은 중국의 시안(西安)으로부터 둔황(敦煌)을 거쳐 타클라마칸사막을 지나 풍요의 땅이라는 투루판(吐魯番), 이스탄불, 로마에까지 이르는 총 길이 6,400㎞에 달하는 무역로이다.

실크로드는, 비단(緋緞)은 물론 도자기와 향신료, 보석 등의 교역품과 고대 동서양의 찬란한 문명이 오가던 교통로로, 기원전 2세기경에 중국 한(漢) 무제(武帝)가 장건을 시켜 개척한 이래 당나라 때 가장 활발한 교역이 이루어졌다. 이 길의 명칭이 된 '비단'은 뽕을 먹고 사는 누에가 만든 고치로부터 추출한 명주실을 원료로 하여 짠 피륙을 일컫는다.

요즘 트로트 풍의 우리 대중가요를 속되게 이르는 '뽕짝'이 대단한 유행이다. 세계적으로 K-Music의 인기가 엄청나게 오르니 이를 소재로 한 '뽕숭아학당, 뽕 따러 가세, 뽕미닛, 뽕카페, 뽕디스파뤼' 같은 방송 프로나 용어들도 큰 호응을 얻고 있다.

'뽕끼(氣)', '뽕필(feel)'은 트로트를 의미하지만, '뽕에 취하다'는 '뽕 맞다'처럼 마약을 뜻하기도 한다. 근래에 '난리 뽕짝'이란 말이 회자(膾炙)한 적도 있고 '뽕(本)을 뽑다'라는 표현도 있는데, 이쯤에서 나도향의 소설 「뽕」이 떠오르고 느닷없이 고향 마을에 뽕나무를 많이 재배했던 일이 생각난다.

중학교 국어 교과서에서 배운 기억이 있는 우리 민요 「나무 타령」에는 '바람 솔솔 소나무 십 리 절반 오리나무 낮에도 밤나무 죽어도 살구나무 오자마자 가래나무 거짓 없이 참나무 방귀 뀐다 뽕나무……'라는 내용이 나온다.

설마 나무가 방귀를 뀌겠는가마는 불과 삼사십여 년 전만 하더라도 웬만한 농촌에는 양잠업(養蠶業)을 하는 농가가 많았다. 군 단위 읍내에는 누에고치로 실을 뽑는 제사공장(製絲工場)이 있었을 만큼, 당시에는 담배 농사나 하수오(何首烏), 작약 등과 함께 누에치기가 농가 소득을 증대하는 데에 큰 역할을 했었다.

누에농사는 봄과 가을에 두 번 하게 된다. 이에 맞춰 누에의 주식인 뽕나무도 일 년에 두 번 잎이 나오는 특이한 식물이다.

누에가 갓 부화했을 때는 뽕 이파리를 아주 작게 썰어 제공하고 몸집이 커 갈수록 사료 크기도 달리한다. 부화 시보다 체중이 거의 10,000배가 넘는 성충이 되면 선친께서는 가지째로 자른 뽕나무를 바지게에 지고 와, 싸리로 얽어 만든 잠박(蠶箔) 위에 통째로 올려 주곤 하셨다.

건강한 누에고치를 생산하기 위해서 뽕나무는 싱싱한 상태로 관리

해야 하는데 농약이나 살충제를 뿌린 뽕을 먹은 누에는 녹아 버리게 된다. 특히 뽕 성분을 그대로 함유한 누에똥은 아토피 치료나 항염증, 진통제에 효능이 있고 녹차 아이스크림은 물론 가축 사료, 연필심 제조에도 사용된다고 한다.

누에는 이십여 일 동안 네 번의 잠을 자고, 5령(五齡)이 되어 입에서 실을 분비하는 조짐이 보이면 한 마리씩 들어가서 고치를 만들 수 있도록 아파트 모양의 섶을 설치해 준다. 뽕만 편식하는 누에의 정상적인 발육을 위해서는 온도, 습도 등 적절한 사육 조건이 제공되어야 하고 건강한 누에일수록 빳빳하게 목을 쳐들고 잠을 잔다. 알에서 애벌레, 번데기, 나방으로 완전변태를 하는데, 그가 만든 고치 하나에서 나오는 비단실의 길이는 무려 1,000-1,500m나 된다고 한다.

농가에서는, 가족들이 모여 섶에서 고치를 하나씩 분리하고 겉에 붙은 허드레 실을 뜯어내어 상품을 만든다. 잘 건조된 담뱃잎이나 벼를 정부에서 매상(買上)할 때처럼, 고치에도 등급이 있어서 최대한 높은 대금을 받으려면 마무리까지 완벽해야 한다. 품질이 낮은 고치는 할머니가 끓는 물속에 넣고 물레를 자아 명주실을 추출하고 나면 고단백 번데기가 나타났다.

산란을 위해 우화(羽化)한 누에나방의 모습 같은 미인 눈썹을 '아미(蛾眉)'라 하니 그의 생애가 아름다움으로 귀결되는 느낌이다.

뽕나무 뿌리, 뽕잎 차와 상황버섯, 오디, 고치, 누에똥, 번데기 등 무엇 하나 버릴 것 없는 누에와 뽕. 만약 누에를 사육하는 시간과 노력 없이 뽕에서 직접 비단을 뽑아내고, 항산화·항암 인자를 손쉽게 추출하는 방법이 있다면 그 부가가치는 발모제 개발만큼이나 엄청난 부와 인류의 문명에 획기적 변화를 가져다줄 것이다. 그러나 안타깝게도, 아날로그적인 자연은 만만한 것이 아니어서 그 효능을 간단히 얻는 일이 거의 불가능에 가깝다고 하겠다.

농촌의 고소득 업종이었던 잠업이 이제 사양길을 걷고 뽕나무가 무성하던 땅은 복숭아밭이나 샤인머스켓이 열리는 포도밭으로 바뀌었으니 불과 수십 년 만에 '상전(桑田)이 벽해(碧海)'가 되어 버린 느낌이다. 우리 주위에는 누에가 제공한 견직물(絹織物) 대신 화학 섬유인 인견(人絹, rayon)이 점점 그 자리를 대체하고 있다.

오늘, '뽕'을 말하면서 누에의 입으로부터 발현되는 주옥같은 언어를 생각한다.
입만 벌리면 온갖 비난이 난무하고 대책 없는 타박과 험담으로 날을 지새우는 인간들을 보며 누에는 무슨 생각을 할까? 이런 사람들을 위해 오직 세상 최고의 비단결 같은 덕담과 찬사를 쏟아 내고 모든 것을 아낌없이 내주는 뽕과 누에가 점점 사라지고 있다.

깊고 조용한 밤, 굵은 설탕을 흩뿌려 놓은 듯한 별을 보려고 마당에 나가 무심코 잠실(蠶室)의 문을 열었을 때, 누에가 왕성하게 뽕잎을 갉는 소리가 부슬비 내리듯이 평화롭게 들리던 그 시절이 그립다.

*2022년 11월, 모 일간지에 게재한 시론(時論), 「누에, 그 주옥같은 언어를 추억하다」를 32% 정도 활용, 개작함.

낯선 것을 찾아가는 길

권기만

시는 하나의 세계를 지향한다.

나무의 세계 파도의 세계 모항의 세계를 향해 나아간다.

지향한다를 나아간다. 목소리는 음악을 노래는 음률을 나아가서 나아간다를 지향한다.

직조되어 있음을 잊고 새로운 직조를 향해 나아간다.

지구의 영원한 이방인이기를 언어는 인간을 통해 기어코 지향한다.

시란 무엇인가?

정답은 없지만 명답은 많다.

'시는 서정시 이상도 이하도 아니다.'를 전부 들어 올려서 존재를 협박한다.

'모든 좋은 시는 새로운 시다.'

결국 시는 심층의 격을 끝까지 드러낸 표현에 굴복한다.

삶은 드러난 존재의 합으로 온몸이 될 때까지 밀고 간다.

언어는 존재를 연기하는 것으로 살아 있음을 끊임없이 입증한다.

그 존재의 본성을 매 순산 다르게 변주하여 울림과 능통으로 색다름에 닿는다.

나는 내가 아닌 것으로 나를 충족할 때까지 나아가고 있다는 것으로 매 순간 진화한다.

그런 연유로 '돌'이라고 하면 사람마다 다 다른 '돌'을 떠올린다.

경험치가 쌓여서 구체화된 것은 더 특별하게 본질과 다르다.

다만 그 자신 속에서 존재로 경험된다는 약점을 극복해야 한다는 점에서 어려움과 치열을 동반한다.

그러므로 다른 사람에게 제대로 전해지지 않거나 왜곡된다.

그러므로 언어는 존재 이전과 이후를 다 같이 아우른다.

단지 상상의 매개체일 뿐이라는 단견을 가볍게 부정한다.

인간을 통해 존재가 된다는 건 부정할 수 없다.

그럼에도 언어는 인간을 지향하지 않는다.

지향하지 않는 것으로 지향하게 만들어야 존재의 접점이 된다는 점에서 인간은 언어의 하수다.

인식이란 이토록 특이하다. 모든 언어가 특이점을 가진다. 랑그와 빠롤은 그 경계가 지독히도 모호하다.

*

그래서 다른 사람들이 일반적으로 느끼는 방식을 나는 기어이 잊어 버린다. 다른 기억을 갑자기 생각해 낸다. 없는 데 있었던 것으로 믿게 만든다. 예전에 내가 여기 살았던가 하는 것처럼 나무가 내게 말을 했다고 생각해 낸다. 잎으로 내 어깨를 치며 안아 달라 했고 그 허리를 한참 안았었다고 떨림에서 창조해 낸다.

그 목소리는 음악 같았고 바람 소리 같았고 햇살 뜨거운 한낮의 폭포 같았다. 그에게 가면 머나먼 시간에 대해 나직하게 들려주곤 했던 목소리로 그를 생생하게 소환할 수 있다. 너무도 그득한 시간 여행의 향기를 잊을 수 없다. 몸을 남겨 두고 영혼으로 떠돌기 때문에 대부분의 나무가 빈집이다. 자기처럼 나를 지켜보기 위해 머무는 건 극히 드문 일이라고 할 때 그가 나를 다른 세계에서 여기다 데려다 놓았다는 것을 알아챘다.

시간 여행의 불꽃이 내게서도 일렁이는 걸 보게 되었지만 난 서두를 생각이 없다. 그때 난 누군가를 좋아하고 있었고 그 곁을 떠난다는 건 생각할 수도 없었기 때문이다. 사랑에 길들여진 사람들이 박제된 곳이 이곳의 풍경인 걸 알아보고 놀랐고 나무가 날 사랑해서 떠나지 않는 것도 그제야 이해할 수 있었다. 세계의 저쪽이 너무도 궁금했지만 난 나무 곁에서 또 그 애 곁에서 더 있어 보기로 했고 그렇게 그 봄이 지나가고 있었다. 꽃은 다른 세계로 그 잎을 떨어뜨렸고 바람은 말없이 그 무게를 견뎠다.

바다가 물결로 다른 세계의 풍경을 감추고 있었고, 구름이 수시로 드러나는 다른 세계로의 통로를 지우는 사이 여름도 지나갔다. 개울에 발을 담그고 가재가 와서 발가락을 깨물고서야 서녘으로 넘어가는 이 세계의 아름다움에 물든 내 넋이 모든 다른 세계로 그려 놓은 그림이라는 걸 통각했다. 고양이가 내 옆에 앉아서 물고기를 바라보다 잽싸게 낚아채서 달아난다. 퍼덕임은 재빠름을 이길 수 없다. 머묾은 떠남을 이길 수 없다. 끝내 머무는 자는 아무리 같이 가자고 흔들어도 흔들리지 않는다.

겨울이 깊어 눈 속에 발자국을 묻어 두고 떠난 나무가 있던 자리를 보았다. 산모퉁이에 저쪽 세계로 가는 비틀린 공간이 있다. 아주 많은 시간이 지난 뒤에 나도 그곳으로 들어서게 되리란 걸 얼음 깨지는 소리에서 들을 수 있었다.

문득, 말에 대한 순서 없는 상상

정창준

1.

말도 늙는다. 말은 늙는다. 말 역시 늙는다. 죽은 말을 위한 장례식은 없다. 어쩌면 장례식이라는 말은 말에게 어울리지 않는다. 육체를 눕혀 놓은 채 치러지는 예법을 볼 때 말을 우리는 눕힐 수 없고 무엇보다 장례식이라는 말이 함의하는 의미는 끊임없이 달라져 왔기 때문에 말이 상상하는 장례와는 너무도 다르기 때문이다. 그런 의미에서 곡이 없는 장례는 장례가 아니라고 믿는 편이다. 굳이 말의 장례식을 치러야 한다면 오전 9시에 치러져야 한다고 생각한다.[1]

5.

"그러니까 내 말 좀 제대로 들으라는 말이야"라는 말처럼 제대로 듣지 않아도 되는 말이 있을까. 당신과 내 머리가 블루투스 5.0으로 연결되어 있지 않은 이상 우리의 대화는 약간의 휘발과 약간의 부풀림 사이에 놓여질 수밖에 없다. 키스로 인사하는 민족과 키스로 애욕을 대신하는 민족만큼은 아니지만 결국 완전한 전달은 불가능하다는 말

---

1 영화 「나, 다니엘 블레이크」(켄 로치, 2016) 중 "오전 9시는 가난뱅이의 장례식이 치러지는 시간."

이다. 결국 가장 이상적인 의사소통의 형태는 원작을 넘어서는 오독이라고 생각한다.

3.

말이 의미의 껍질 혹은 껍데기라고 생각하면 말은 무엇으로 덮어야 하는가. 말은 무엇으로 담아야 하는가. 말은 정말 담겨질 가치나 필요가 없는 것일까. 대궁을 벌리고 피어나는 꽃들을 보면 말이 대궁이라는 생각보다 꽃이 말이 아닐까라는 생각이 든다. 그렇다면 대궁은 무엇인가?

2.

오래된 말들은 류머티즘을 앓는다. 간혹 임플란트를 하기도 한다. 치악력은 스스로의 완력을 견딜 수 있는 정도다. 나는 어제 침을 뱉다가 함께 흘러내리는 것을 지켜봤다. 잃어버리고 싶지 않은 말이었지만 어쩔 수 없었다. 같은 말을 다시 뱉을 수는 없다. 말에는 찰나의 심정이 깃들기 마련이다. 동정의 순간에 나는 아무 말도 하지 않기로 했다. 동정의 마음은 동전 같아서 아무런 도움이 되지 못한다. 부족함은 때로 무례함으로 느껴지는 것을 아는 나이기 때문에 나는 류머티즘을 곧 앓을 것이다. 인공관절을 달고 살아가면 어떤 기분일까. 오래된 말들에 인공관절을 달아 주는 사람들이 곧 탄생할 것이다. 적어도 말이 소중하다는 것을 알고 있다면 말이다.

4.

잠들기 전 문득 점자와 수어 중 어느 것이 먼저 소멸할 것인지 생각한 적이 있다. 의학은 청각 장애를 먼저 없앨 것인가, 시각 장애를 먼저 없앨 것인가. 고기를 씹다 보면 그 동물의 소리가 느껴질 때가 있다. 주로 비명이다. 식물도 고통스러울 때 고주파 음을 낸다고 한다. 아무도 들을 수 없는 비명 소리. 나는 매일 그런 비명을 내지르며 살아간다. 우리는 모두 그런 비명 소리를 가지고 있다. 0에 대해서 오래 생각한 적이 있다. 0은 있는데 왜 없다고 하는 것일까.

101.

그는 자주 [경노]했다. '경로(敬老)'를 했으면 좋겠는데 '격노(激怒)'를 했다. 같은 발음을 가진 두 낱말 사이의 간극만큼이나 그와 나 사이의 간극 역시 아득하다. 그럴 때면 내가 잠시 불쌍해지다가 탄생 이후 한 번도 격노한 적 없는 '격노'도 그렇지만, 유사한 발음이라는 이유로 화들짝 놀라게 될 '경로'가 더 불쌍해진다. 때로 말은 발화 주체로 인해 자연 발생하는 모멸조차 견뎌야 한다.

p.s. 초면의 말을 만나면 수줍게 된다. 말은 초면에 절대 자신을 한껏 보여 주지 않는다. 그럼으로써 말은 겸손을 가르친다. 사전에 기록된 의미를 짚어 가다 보면 말의 주민등록번호만 알게 된 것 같아 괜히 더 조심스러워지기도 한다. 그럴 때면 슬며시 다른 말을 입양해 오기도 한다.

6.

손으로 글씨를 쓰던 시절 필체가 유난히 멋진 사람들이 있었다. 지금은 활자를 두드려 글을 쓰는 시절, 이제는 아마도 유독 어쩐 지점에서 나는 오타가 피에에 의 멋을 대신하는지도 모르겠따. 그래서 나느 마구 두르덜 나의 필에를 만다르고 있는 중이다. 이런 생각을 하면서 타자를 드으리니 오타가 je 멋지아게 나느 것 같다. 그런의ㅢ에서 아 나는 말더듬이가 아니라 xkwkejemaml이다.

9.

말은   늘   공중에   부유한다. 당신 의이성으로짜여진그물고는알마나촘촘한가 조직의 밀도에 따라 당신이 건질 수 있는 언어가 달라진다. 오래전 한동안 꿈속에서 날아다니는 말들을 채집하는 꿈을 꾸던 적이 있었다. 처음에는 채집한 말들을 입구가 넓   은 투명한 병에 담아 두었지만 점차 꿈에 익숙해지면서 나는 채집한 단어들을 조합하고 나아가 필요한 단어들을 채집하러 다녔다. 꿈   꾸는 일이 곧 시   쓰는 일이었다.

8.

아무도 듣징 못하는 말을 하는 것은 의미가 있을까. 홋자말조차도

138

7.

산에 올라서 "야호"라고 외치는 일은 이제 사라지고 없다. "야호"는 실직했다. "따봉"이라는 말은 이곳에서는 소멸했지만 그의 고향에서는 여전히 자주 입에 오르내릴 것이다. 기의는 기표에 선행한다. 죽은 의미를 유기하지 못한 채 끌어안고 쓰러진 언어란 얼마나 쓰라린가. 레트로 열풍으로 낡은 디지털카메라가 유행하고 오래전 노래가 불려 나오고 철 지난 옷차림이 다시 등장하지만 사라진 말은 좀처럼 돌아오지 않는다. 이 도시의 지하 어딘가에는 버림받은 말들을 위한 말 무덤이 있어 누군가 하나하나 불러 가며 합장하고 있을지도 모른다. 그런 상상을 하다 보면 문득 죽은 말들이 부러워진다.

시니피앙(signifiant), 시니피에(signifié)

이원복

1. Bug

최근 동해남부선 철도가 이설되고 내가 사는 동네에 '북울산역'이 새로 생겨 시민들이 이용하기 시작했다. 어느 날 TV 뉴스에서 한 시민 기자가 북울산역의 로마자 표기법에 대한 흥미로운 문제점을 보도하는 것을 보았다. 북울산역의 로마자 표기는 'Bugulsan'인데 이는 버그(벌레)를 연상시켜 외국인들에게 울산의 이미지가 이상하게 비칠 수 있으니, 표기를 다르게 바꿔야 한다는 당찬 주장이었다. 'g'보다 'k'로 바꿔야 한다는 영어권 화자로 보이는 한 외국인의 인터뷰까지 덧붙이며 그 주장에 힘을 싣고 있었다. 그런데 나는 그 뉴스를 접하고 뜬금없지만 이런 생각이 들었다. "우리 낯설어져야 해!" 앵글로색슨족의 언어, 한국인들의 오랜 학창 시절 동안 한국인들을 잠식해 온 영어와 영어식 사고에서 벗어나 낯설어질 필요가 있다는 생각. 알다시피 영어의 알파벳으로 쓰이는 로마자는 영어의 전유물이 아니다. 다른 유럽 어족에서도 같이 쓰고 있는 문자라는 것을 염두에 두자. 그리고 우리나라의 로마자 표기법은 낯선 한글을 접하는 외국인들에게 일종의 발음을 도와주는 기호에 불과하다. 당연히 'Bugulsan'이라는 표기는 뒤에 모음이 뒤따를 때 앞 'ㄱ' 받침은 'g'로 표기한다는 원칙에 따른 것이므로 문제 될 것이 없다. 우리가 특정한 언어를 쓰는 화자를 위해 그들의 언어 체계와 사유를 고려해 이러한 원칙을 깨뜨릴 이유는 없어 보인다. 즉, 로마자 표기법에서 영어 'bug'라는 철자의 시니피에(기의)에 굳이 집착할 필요는 없다는 것이다. 오히려, 우리가 집착하고, 우리를 잠식하고 있는 영어에서 가끔 벗어나 낯설어져 보자. 결국 낯설다는 것은 익숙한 시니피앙(기표)과 시니피에(기의), 의미작용과의 결별인 것이다.

2. Pain

나는 아침마다 Pain과 마주한다. 처음에는 이 Pain에 익숙지 않았으나 시간이 갈수록 이제는 Pain이 없으면 허전함을 느낀다. 그래서 나는 아침이면 습관적으로 Pain을 찾는다, 하루에도 몇 번씩 Pain을 생각한다, 이 Pain에 스며들다가 점점 Pain에 지배당하게 되었다. 때로 달콤하면서도 때로 입속에 잠시 머물다 녹아 버리는 Pain. 나는 슬플 때도 기쁠 때도 두려울 때도 내 감정을 이 Pain으로 조절하며 즐기기에 이르렀다. 심지어 세상에 없는 Pain을 스스로 만들어 보고 싶은 욕망이 생기기도 한다. 그래서 색다르게 자극할 새로운 Pain 만드는 법을 연구하여 나뿐 아니라 가족과 주변 사람들과 그 Pain을 함께 나누는 상상을 하기도 한다, 그러나 아내의 반대로 실제 실행에 옮기지는 못했다, 왜냐하면 하나의 Pain을 만들 때 어느 정도의 감당해야 할 시간과 수고가 필요하기에, 그리고 그에 따른 뒤처리도 만만치 않다 보니 아내는 늘 Pain을 만들어 낼 거면 집에서 나가 다른 곳에서 시도

하라고 내게 잔소리한다. 아내는 건강을 위해 Pain 곁에서 참으려고만 한다. 그러나 약간의 Pain은 우리를 오히려 즐겁게 하고 우리 삶에 활력소가 되기도 한다. 사실 건강한 Pain도 있다. 그러나 그 Pain은 대체로 거칠고 그리 달콤한 편은 아니다. 그리고 나는 알고 있다. 겉으로는 시치미를 떼지만 이런 아내 역시 나 몰래 각종 Pain을 즐기고 있다는 것을. 나는 아내가 남긴 Pain의 흔적들을 종종 발견할 때가 있다. 그럴 때마다, 혼자 Pain과 내적 갈등을 겪는 아내가 안쓰러운 생각도 들긴 하지만 한편으로는 이 Pain을 남편과 나누지 않고 스스로 감당하려는 시도에 배신감을 느끼기도 한다. 나는 무엇보다 Pain을 즐기는 습관이 우리의 자녀들에게 이어질까 걱정이 될 때가 많다. 우리 아이들만큼은 이 Pain을 모르고 살았으면 좋겠다. 하지만 세상은 우리 아이들을 가만 놔두지 않을 것이다. 각종 미디어와 나쁜 친구들의 영향으로 결국 우리 아이들도 Pain을 씹으며 Pain에 지배당하여 나처럼 Pain 속에서 허우적댈 것이다. 이미 각종 유혹이 아이들 가까이 와 있다. 매일매일 Pain의 냄새를 맡으며 밥처럼 Pain을 마주한다. 배고플 때마다 더 나를 자극하는 Pain. 그러나 나는 이 Pain과 타협할 생각은 없다. 내 생각대로 내 마음대로 이 Pain을 만지고 집어삼키고 싶다. 하나의 루틴과 일상이 되더라도 나는 이 Pain과 결별할 생각이 없다. 이미 Pain은 나를 삼켰으며 나 역시 Pain을 소화할 능력이 충분하기에 건강이 허락하는 한, 나는 세상의 수많은 Pain을 삼키며 즐기려 한다.

*pain[pɛ̃]

1. (남성형 명사) 빵.

2. (남성형 명사) 양식, 식량, 생계.

3. (남성형 명사) 빵과자, 빵을 사용한 요리.

[출처: 동아출판 프라임 불한사전]

새, 돌, 사과, 파이프

장선희

여행은 '낯설게 하기'다. 일상과 다른 세계를 찾아 떠나는 것이다. 스페인 바르셀로나의 가우디 성당을 보러 간다. 건축물이 얼마만큼 낯설게 하기의 대상이 될 수 있는지를 극명하게 보여 준다. 자신만의 관점으로 본 가우디의 예술혼이 성당을 성당 이상의 예술 작품으로 끌어올린다.

르네 마그리트의 그림을 본다. 새, 돌, 사과, 파이프, 인체 같은 사물을 엉뚱하게 합체하여 관람객들을 당황하게 한다. 이때 우리가 느끼는 당황함이 '낯설게 하기'다. 관습을 깬 철학적 세계관이 그림에 그대로 투영된다. 이처럼 초현실주의 작가들이 추구하던 추상에 마그리트는 자신만의 세계관을 투사한다. 그의 작품 중 「이미지의 배반」은 상상력이 어디까지 작동할 수 있는지를 보여 준다. 누가 봐도 파이프인 그림을 그려 놓고는 아래에 "이것은 파이프가 아니다"란 문장을 적어 놓는다.

그럼 시는 어떤가? 나만의 상상력과 시선이 대상에 투영되어 고정관념을 과감히 깰 때, 시는 특별해지고 시인의 시선이 입혀진다. 그런

144

시를 '낯설게 하기 기법'으로 풀어놓는 과정을 통해 더 좋은 시가 탄생한다. 시를 쓸 때 어떤 대상을 쓸 것인가, 혹은 어떤 심상을 쓸 것인가가 떠오르면 무의식의 흐름으로 흘러가는 시편도 있지만, 대개는 인식된 한 줄을 잡고 늘어진다. 그때는 전략이 필요하다. 치밀한 전략이 될 수도 있고 함의적인 시를 쓸 것인가, 재미있는 구상으로 할 것인지는 순간에 결정될 때도 있고, 아주 긴 시간 동안 고심해야 되는 시도 있다.

낯설게 하기(Defamiliarization)는 친숙하고 일상적인 사물이나 관념을 낯설게 하여 새로운 느낌이 들도록 표현하는 예술적 기법이다. 지각의 자동화를 피하여 관객의 주체성을 확보하기 위함이다. 러시아의 문학이론가인 빅토르 시클롭스키에 의해 개념화되었다. 이 기법은 러시아 문예사조의 하나인 형식주의의 이론적 토대가 되었고, 독일의 연극 연출가이자 시인인 베르톨트 브레히트(B. Brecht)에 이르러 중요한 결실을 맺게 되었다.

그럼, 나는 어떻게 내 시에서 낯설게 하기를 시도하는가.

나는 '낯선 단어'와 '낯선 이미지'를 좋아한다. 낯선 단어를 알게 되면 메모를 하고 상상력을 발동시킨다. 이런 작업이 시 한 편을 쓰게 한다. 낯섦을 끌고 가면서 감동을 주는 작업은 즐겁기도 하고 고통스러울 때도 있다.

욕조에 잠긴 나는 팔과 다리를 잃었습니다

멸치들의 대화가 들렸습니다

수족관에 갈치와 고등어는 모두 죽었답니다

울음에서 어떻게 걸어 나가죠?

─임지은, 「생선이라는 증거」 부분

시인은 자신을 생선이라고 본다. 이처럼 시인의 심상을 어떤 대상으로 감정이입하느냐에 따라 시의 흐름은 전개된다. 독자는 그에 따라 시인의 심상에 동화된다. 우리가 생선이 되는 '낯설게 하기'의 공간 속에서 잠시 물고기처럼 파닥이면서 슬픔과 상처를 이해하게 되는 거다.

나는 시를 쓰는 시인이 되고자 할 때부터 낯설게 하기가 잘된 시에서 묘한 카타르시스를 느꼈다. 묘사가 완벽한 시도 좋지만 낯설게 하기를 통한 설렘과 감동이 시를 쓰고자 하는 마음을 강하게 했던 것 같다. 따라서 지금도 나는 시의 첫 행이나 시의 발상이 싹트면, 어떻게 색다른 발현을 할 것인가에 고심한다. 생뚱함과 발칙함이 주는 상상력의 놀라움을 시의 주제에 맞게 끌고 가는 일이 결코 쉽지 않다. 한 코 한 코 이어지는 뜨개질이 아니라 듬성듬성 마치 거인의 발자국처럼 건너뛰기가 잘된 시, 그런 시는 현란한 시어나 어려운 시구절을 필요로 하기보다 의미의 확장이 뛰어나야 한다.

너는 지루한 비만이다 건기의 첫 페이지가 끝 페이지로 엎어져 있고 햇살이 가재걸음으로 지나간다 발자국에 묻어 있는 밀림은 막다른 길이고 위로만 솟구침이고 수직을 몰고 가는 건 초록 새끼 도마뱀의 꼬리, 햇빛 피할 물속이 필요하겠지 두꺼운 피부는 마르고 상처가 키운 주먹 경중경 중 목도리도마뱀이 지나가고 오독 같은 독충이 사냥총 같은 침을 내뿜는 다 진흙 목욕도 좋아 물속 점프도 좋아, (중략) 말처럼 달리고 싶었을까, 두 눈 커다랗게 뜬 채 누런 강물 속을 떠다니는 짧은 다리, 강한 햇살에 조 금씩 잘려 나가 살아남은 소파는 하마의 궁뎅이, 빠르게 일어선다
  ─장선희 「소파」 부분

  이 시는 최근에 쓴 「소파」란 시다. 소파에 앉아서 티비를 보다가 소 파에 대한 시를 써 보고 싶어졌다. 그 생각이 들자 소파가 마치 살아 있는 동물이 되는 전환이 내 의식을 파고들었다. 다리가 짧고 몸이 큰 하마와 다리가 짧고 누울 수도 있는 커다란 소파와 동일시되었다. 그 런 인식을 하게 되자, 시는 즐겁게 쓰여졌다. 디테일한 부분은 몇 번의 퇴고 과정을 거쳐야 했지만, 첫 인식의 발상은 끝까지 이어졌다.

  첫 행이 잘 써진다고 해서 마지막 행까지 잘 써지는 시도 있지만 그 렇지 못한 시가 더 많다. 낯설게 하기가 잘된 시는 감상의 묘미를 독자 에게 선물한다. 발상에는 묘사를 특별하게 하는 힘이 있다. 생각지도 못한 전환이 있다. 기발함으로 창의성을 얻고 있다. 좋은 시를 쓰기 위 해서는 시를 많이 읽어야 한다는 것이 최근의 내 생각이다. 발상의 꿈 틀거림이 어느 순간 갑자기 몸 밖으로 튀어 오르는 그때가 시를 낚아 채는 때이다.

데자뷰/자메뷰

박수일

낮설게 하기에서 나는 **하기**에 집중한다. 낯선 감각이나 느낌은 익숙한 것을 버리거나 부술 때 솟아나는 어떤 것이다. 내가 언제나 걸치고 살아가는 일상의 감각으로는 상상하지 못하던 곳까지 나를 끌고 가려고 노력한다. 그것은 수많은 시도 끝에 우연을 가장하고 나타나는 신선함이다. 결과를 예측할 수 없다는 매력과 함께.

데자뷰는 처음 보는 낯선 사물 또는 상황에서 기시감을 느끼는 것을 뜻한다. 반대로 자메뷰는 늘 보던 일상의 사물 또는 상황에서 당혹스럽게 낯선 느낌이 솟아나는 것을 뜻한다. 나의 감각과 감정이 파동이라면 일정한 범주 안에서 규칙적으로 맴도는 것을 자극하거나 흩뜨리는 것이 **하기**의 묘미일 것이다.

혼을 울리며 나는 깜짝 놀랄 욕을 준비한다

당신이 트렁크에서 은빛으로 번뜩이는 쇠파이프를 꺼낸다

앞 유리가 박살 날 때마다 내가 늘어난다

내가 뱉으려던 욕이 바깥에서 들려온다

폭설이 내린다
　—「자메뷰」 부분

낯설게 하기는 나를 향하는 운동이지만 당신에게도 작동한다. 참신한 느낌은 당신의 무료한 일상에 재미를 던져 준다. 물론 시 작품보다 영상을 통해 더 효과적으로 전달할 수 있을 것이다. 당신은 하루에 이런 글보다 영상을 더 보고 있을 것이다. 그러니 하나 마나 한 소리나 너무나 당연해서 고루한 문장이 당신을 흔들 수 없다. 재미없다. 그래서 **하기**에 매달리는지도 모른다. 나는 사실 사는 게 재밌지는 않기 때문이다.

낯설게 하기가 무조건 재미있는 것은 아니다. 재미없음을 흔들고 뒤집고 깨뜨리려고 안간힘을 쓰는 것이다. 일단 해 보는 것이다. 어디로 가서 어디까지 갈 것인지 알 수 없다는 것에 흥미를 느낀다.

하기: 건들기 부딪히기 뒤집기 거꾸로 보기 까뒤집어 보기 꿰뚫어 보기 삐딱하기 부수기 깨뜨리기 깨트리기 아무렇게나 만들기 새롭게 하기 하다 하다 한 발 더 가기 돌파하기

차 문을 열자 몸의 움직임이 느려진다. 스타트 버턴을 누르는 손가락에 물기가 가득하다. 앞 유리를 통해 들어오는 지하 주차장의 풍경이 일렁인다. 핸들이 있어야 할 위치에 해파리가 있다. 해파리를 가볍게 잡고 지상으로 올라온다. 좌회전 다음 우회전 다음 직진 다음. 목적지는 당신이다. (이 문단은 **하기**에 대한 단상을 정리하다 갑자기 떠오른 것이다.)

나는 지금도 무엇을 **하기** 위해 이렇게 산다.

프랙탈

정월향

** **

  다용도실에 벽장이 있었다. 이사를 앞두고서야 그것이 떠올랐다. 벽장문을 열었더니 기억도 안 나는 것들이 선반 끝까지 채워져 있었다. 이 많은 것들을 아예 잊고 있었다.

  당장 필요하지 않지만 언젠가 쓰려고 아끼던 것. 쓸모를 유예해 둔 것들이었다. 왜 샀는지 기억이 안 나는 큰 통과 청소 도구와 낚시 도구들. 스노보드와 접이식 자전거. 살이 붙어서 입을 수 없게 된 옷들. 쓰기에는 머쓱해진 디자인의 모자들. 지금은 신지 않는 큰 장화와 우산들. 두둑한 털옷. 계절이 지나가면 사용하리라 생각했던 테이블보와 소파 덮개. 프릴이 잔뜩 달린 아내의 앞치마도 있었다. 살을 빼면, 마음이 나면, 시간이 나면, 쓸 물건이라고 생각했다. 벽장은 실현하지 못했던 욕망들로 가득했다. 그것들 속에는 과월호 잡지들이 있었고,

  과월호 잡지들 뒤편에 처음 보는 것 같은 그림이 하나 있었다.

＊＊

부부가 앉아 있다. 둘은 먼 하늘을 쳐다보고 있다. 구름의 틈으로 햇빛이 쏟아진다. 햇빛을 받는 그곳은 주변의 숲과 도시와는 다른 채도로 망막에 비친다. 그곳은 신비로운 빛으로 가득하다. 마치 이 세상이 아닌 또 다른 세계인 것 같기도 하다. 어쩌면 그곳은 신들의 세계일지 몰랐다. 그게 아니라면 축복받은 사람들의 세계 정도는 되어야 한다, 또 다른 우리들이 살고 있는 평행 세계 정도는 되어야 한다, 그렇게 느낄 정도로 아름다운 빛이다. 지금 두 사람의 세계는 그곳에 있다.

이들은 최근에 도시 생활을 접었다. 남편이 회사 생활을 그만두고 싶다는 것과 전원에서의 삶을 꿈꾸고 있다는 고백을 했고, 아내는 통 크게 그 말을 받아들였던 것이다. 남편은 해방을 위해서 전원에서 할 수 있는 갖가지 아이템들을 모아 왔다. 남편은 도시에서만 살아왔던 둘의 이력을 봐서 할 수 있는 일을 골랐고, 그것이 로컬푸드를 취급하는 온라인마켓 사업과 농촌체험장 운영이었다. 그러기 위해서 농사 경험이 무척 중요했는데, 운 좋게도 집이며 밭들을 현지 농부에게서 그대로 물려받을 수 있었다. 이제는 운영의 묘미만 잘 발휘하면 되는 것이었다.

둘은 들고 있던 와인 잔을 탁자에 내려놓았다.

* *

자연의 돌을 활용한 탁자였다. 갖가지 모양의 돌들을 조화롭게 배치해서 테이블을 만들고, 피부가 닿는 부분은 나무를 대어서 느낌을 살렸다. 와인 병과 잔 두 개, 그릇에 담긴 카나페 몇 조각이 탁자 위에 놓였다. 노을이 돌들을 물들였다. 붉게 비치는 돌들과 나무는 무척 풍요로워 보였다. 두 번째의 생을 펼치려고 하는 부부의 뒤로 넓은 대지와 숲이 펼쳐져 있었다. 오른쪽에는 역시 자연 그대로의 바위와 나무를 잘 활용한 부부의 집이 보였다. 이곳은 정말로 아름다운 곳이었다.

* *

돌 밑에서 붉은 지네가 부하들에게 소리쳤다. 이곳을 제외한 어느 땅에도 이제 우리 종족은 없다. 다리가 백 개인 우리 종족들은 이 땅에서 대대로 살아왔다. 더 이상 인간들에게 한 발자국도 내주어서는 안 된다. 이곳은 우리들의 먹이와 우리 후손의 먹이가 있는 곳이다. 자랑스런 우리 종족들이 살아온 삶의 터전이었고 면면히 이어진 소중한 우리의 역사가 있는 곳이다. 우리의 기동성과 전투력은 그냥 나온 것이 아니다. 우리들의 입김과 우리들의 똥까지 숲의 일부가 되었다. 그러나 인간들이 이 자리를 차지하면 아무것도 남지 않을 것이다. 이곳을 빼앗기면 우리 종족도 끝이라는 것을 명심하라. 우리들의 소중한 독을 걸고 이 땅을 우리가 지킨다. 지네들이 다리를 흔든다. 사락거리는 소리가 대지를 흔들었다. 지네들이 함성을 질렀다. 바위가 들썩거렸다.

** **

　부부는 문득 땅이 움직이는 느낌을 받았다. 어떤 소리를 들은 것 같았다. 남자는 숲에서 고라니라도 튀어나왔나 돌아보았다. 후다다닥, 소리와 함께 무언가 사라졌는데, 고라니처럼 크지 않았다. 옆에서 소리가 났다. 아무것도 없었다. 아니 바닥인가? 남편은 돌을 들추었다. 수천 마리는 족히 되는 지네들이 꿈틀거리고 있었다. 까맣고 반질거리는 등갑, 징그러운 마디, 길다랗게 따로 움직이는 두 개의 더듬이 뿔. 이렇게 많은 지네를 본 적이 없었다.
　마디마다 따로 움직이는 뾰족한 발들이 슈수숙 하는 소리를 냈다. 여러 마디로 구부러진 무시무시한 발들이었다. 수많은 발과 뿔을 세우고 있는 지네 때문에 원래의 땅 색깔이 보이지 않았다.

** **

　닭들이 튀어나왔다. 벼슬을 꼿꼿이 세우고 날개를 치켜들고 달렸다. 작은 공룡이라고 할 만큼 시끄럽고 위협적이었다. 닭처럼 생긴 괴물 같았다. 닭들이 지네를 쪼았다. 지네가 토막 났다. 몇몇 닭들이 지네를 삼켰다. 삼키지 않은 토막들이 땅바닥에서 제각각 꿈틀거렸다.

그러다가 밖으로 나온 닭들이 흩어지기 시작했다. 너무 많은 지네들에게 놀란 닭들은 괴성을 지르며 제각각 숲을 향해 달아나 버렸다.

**

구멍이 있었다. 구멍 여러 개가 지네들을 토하고 있었다. 호흡하는 것처럼 울컥울컥 지네들이 발사되었다. 일곱 줄 혹은 세 줄로 늘어서서 망설임 없이 집을 향해 전진했다. 마치 군사훈련을 받은 것처럼 지네들이 일사불란하게 움직였다. 구멍은 누군가의 계획에 따라 작동하는 기계처럼 보였다. 검고 굵은 빔이 끊임없이 발사되었다. 제일 큰 구멍 앞에는 어마어마한 크기의 붉은 지네가 있었다. 큰 지네가 지휘라도 하고 있는 것처럼 보였다.

**

그림이었다. 뱀과 닭들 지네와 전갈들이 우글거리는 땅에서 먼 곳의 빛을 바라보고 있었다. 그 모습은 마치 종교적인 느낌마저 들 정도로 신성해 보였다. 모든 동물들이 하늘을 바라보면서, 기도를 드리는 것 같았다.

신이여, 우리를 구원하소서.

**　＊＊**

　구름이 바람에 서서히 벗겨지면서 달빛이 드러났다. 부부는 유리창을 뒤덮은 검은 구름을 보았다. 구름보다 더 많은 지네들이었다. 수만 마리 수백만 마리는 되어 보이는 지네들이 겹쳐지고 또 겹쳐져서 유리를 새카맣게 뒤덮고 있었다. 지네의 구름이었다.

**　＊＊**

　기적 소리가 난다. 황야를 달리는 말의 울음소리 같기도 하고 신경이 날카로운 계집아이의 비명 소리 같기도 하다. 울음소리는 이쪽 거실에서 건넌방으로 다용도실로 퍼진다. 귀를 찔리는 것 같다. 나는 주방으로 달려간다. 올려놓았던 물이 끓고 있다. 차를 마시려고 했는데, 이제는 마실 수 없을 것 같다.

**　＊＊**

　최근에 나는 사소한 문제로 아내와 다투었다. 아내가 통창으로 바깥 풍경을 바라보면서 차 한 잔을 하고 있을 때였다. 벌레 한 마리가 아내의 몸을 타고 다리로, 가슴으로 올라온 것이었다. 마침내 팔까지 전진한 벌레는 드디어 아내의 눈에 띄었다.

벌레들이 문제였다. 벌레들의 세계를 벗어나기 위해서 모든 틈을 막았다. 하수구를 차단하고 벌레 역류가 불가능한 마개로 교체했다. 미세 방충망이 달린 창을 달았다. 모기향과 소독약을 구비했고, 여러 종류의 모기장을 구입했다.

* *

내가 지네였는지 그림 속의 부부였는지 아득한 느낌이다. 서 있는 것만으로도 또 다른 오류를 찾아 헤매는 길이 될 것 같다. 벽장 안의 어둠과 고요함은 꽤나 익숙한 방식으로 내 옆에 서 있다. 나는 벽장 앞에 서 있다. 아니 벽장 안이어도 마찬가지일 것이다. 나는 벽장문을 닫는다.

특집 2 등단 50주년 김성춘 시인 자선 대표시

바하를 들으며

안경알을 닦으며 바하를 듣는다.
나무들의 귀가 겨울 쪽으로 굽어 있다.
우리들의 슬픔이 닿지 않는 곳
하늘의 빈터에서 눈이 내린다.
눈은 내리어 죽은 가지마다
촛불을 달고 있다.
성(聖) 마태 수난곡의 일악구(一樂句).
만 리 밖에서 종소리가 일어선다.
나무들의 귀가 가라앉는다.
금세기(今世紀)의 평화처럼 눈은 내려서
나무들의 귀를 적시고
이웃집 그대의 쉰 목소리도 적신다.
불빛 사이로
단화음이 잠들고
누군가 죽어서
지하 층계를 내려가고 있다.

천사

집은 눈썹으로 밤새가 운다

어린 별들의 몸이 뜨겁다

별의 열 손가락 끝, 새의 맨발이 만져진다

울음은 언제나 뜨겁고 슬픔보다 깊다

내 발목에 초사흘 달, 푹푹 빠진다

달의 잎사귀에 푸른 음악 묻어난다

별의 몸은 부서지지 않고 반짝인다

여백

—경주 대릉원에서

대릉원은 여백이다

왕들이 떠나고
나도 잡초처럼 어느 날 곧 그렇게 떠나겠지만
오늘은 살아서
그로테스크한 폐허 속을 걸어간다
그로테스크한 하루 속을 걸어간다

포플라 나무 위 저 까치 부부
왕들과 함께 산책 중이다
무덤이 말한다
삶은 노루 꼬리보다 짧은 여행이라고

오늘은 잠시
아름다운 푸른색 섬광이 빛나는 별*에 와서
현실과 초현실의 경계를 걷는다
살아서 걷는 이 사소한 즐거움

삶은 아주 짧은 천국이라고

포플라 나무 위 저 까치 부부도

잘 안다

왕릉 옆 흰 구절초도

잘 안다

*소련 최초의 우주인 유리 가가린이 1961년 4월 12일, 108분 동안 우주선을 타고 지구 궤도 한 바퀴를 도는 데 성공함.

문천 물소리

달이 코스모스 꽃잎에 착륙한 밤
문천(蚊川) 다리 아래
웅얼웅얼 가고 있는 시냇물 소리
돌부리에 부대끼며 정처 없는 저 문천 물
부대끼며 가는 것
저 물소리만은 아니다
새벽도 한참 지나서
귀뚜리의 시린 무르팍도 지나서
내일 새벽까지 더 가야만 하는 저 문천 물소리
정처 없이 가게 내버려두자 내버려두자
빈 채로 가는 저 달
홀로 가는 문천 물소리
텅 빈 맨발들, 이쁘다

희망의 정석

지금 있다. 내 가방 속에는

생수 한 병,
노바스크 한 알, 그리고 새소리 두 알
읽다 만
가을 하늘 몇 페이지
봉인된 쇼스타코비치 피아노 에튀드

이것만으로
나의 하루는 충만하다

두 손에 희망을 정중히 들고

신(神)의 앞으로!

절필일기(絶筆日記)

어머님이 보고 싶은 날
영혼만이 외로운 새가 되어 울고 있는
어머님의 절필일기를 펴 본다.

"오날은셔달열사현날인대바람도만이불고
 구룸도끼여서날이찹았다저녁에우리츈이……"

행간에서 나를 부르는 카랑카랑한 목소리,
흰 고무신짝 소리, 누런 잇똥, 생염불(生念佛), 주름살보다 깊은 고독
철자법이 개발새발 엉망인
어머님 생의 이런 항목들이
나를 행복하게 만들기도 하고
내 슬픔의 목록이 되기도 하면서
어머님 생의 구문(構文)들이
이승의 어떤 햇빛보다 눈부시게
전신에 밀물져 온다.

166

오오, 어머님
우리 어머님

늦가을 햇빛보다 더 눈부신 당신의 구문 사이로
어디쯤 달려가면
카랑카랑한 큰 산 빛 목소리
다시 만날 수 있을까요?

틈

틈이 고맙다

숨길을 터 준다

숨길 없는 틈은 죽음이다

문과 문 그 틈새로

달빛과 별빛이 오고

꽃잎과 꽃잎 틈새로 벌과 나비 오고

악수하는 손과 손 틈 사이

입술과 입술 틈 사이로

달콤한 사랑의 향기 온다

새벽 다섯 시와 새벽 네 시 오십구 분 오십구 초 그 틈새로

푸른 새벽이 도착한다

틈을 사랑하는 나는

일하는 틈, 운전하는 틈, 틈

시를 읽고 시를 쓴다

오늘도 손녀가 '뽀로로' 티비 보는 틈새

잠시 틈을 내어

틈새 세상 바라본다

틈이 고맙다

틈은 쪼개면 쪼갤수록 또 아름다운 틈이 생긴다

들오리 기차

해 질 무렵, 10량짜리 KTX 기차가 산모롱이를 돌아 사라졌다
나는 방죽길에 서서 오지 않는 내일을 기다렸다

아파트 방죽길을 걷다 벼가 시퍼런 여름을 한참 바라보았다

갈숲 사이로
음악 같은 들오리 한 쌍이 내게 손을 내밀었다

나는 잡목과
허공의 손을 잡고 헤엄치는 들오리 한 쌍의 눈을 오래 바라보았다
눈이 깊었다

칠십대 노부부 같은 황혼
들오리의 어깻죽지까지 내려와 있었다

10량짜리 삶이 지나가는 소리가 벼 포기마다 싱싱했다

나는 잘못 산 시행착오 앞에서

고아처럼 서성거렸다

아무리 생각해도 먼 곳이 가까웠다

괴롭기도 하고 기쁘기도 했던 구름 아래 시간들

들판의 먼 아지랑이 같은,

구름 아래 슬픈 음악 같은,

가랑비, 경주, 천관녀
—이승훈 풍으로

    경주는 가랑비 천관사도 가랑비 당신도 가랑비 가랑비 내리는 오후 폐사지 찾아 떠나네 가랑비 젖는 경주가 좋아 저 혼자 젖고 있는 폐사지가 좋아 사천왕사 지나 눈물 같은 절 중생사 지나 먹구름 지나 모래 바람 지나 떠나간 천관녀 찾아 나 떠나네 저 혼자 울고 있는 천관사 천관녀는 울면서 어디로 떠났나 칼로 애마를 친 유신도 정신을 잃고 어디로 떠났나 풀잎 같은 그리운 새들 모두 어디로 갔나 폐사지에는 봄에도 하얀 눈발 날리고 흰 눈발 속에 당신의 흰 맨발 가랑비 속에 떠오르고 자꾸만 자꾸만 울고 싶어지는 아, 경주의 봄날

가을볕 2

밥은 묵나?

요새 니가 마이 말랐다

창밖에 꽃이 왔다 간다

우리 좋은 때도 참 많았다